米娅"圆梦"系列

*- VOGLIO FARE IL CINEMA -*

# 我想拍电影

[意大利] 保拉·扎诺内尔/著

张淑涵 张 密/译

SPM
南方传媒　花城出版社

中国·广州

图书在版编目（ＣＩＰ）数据

我想拍电影 / （意）保拉·扎诺内尔著 ；张淑涵，张密译. -- 广州 ：花城出版社，2023.6
（米娅"圆梦"系列）
ISBN 978-7-5360-9606-6

Ⅰ．①我… Ⅱ．①保… ②张… ③张… Ⅲ．①长篇小说－意大利－现代 Ⅳ．①I546.45

中国国家版本馆CIP数据核字(2023)第104844号

版权合同登记号：图字：19－2020－131 号
VOGLIO FARE IL CINEMA by Paola Zannoner
World copyright © 2016 DeA Planeta Libri S. r. l. , Novara, www. deaplanetalibri. it
本书中文简体版专有出版权经由中华版权代理有限公司正式授权

出 版 人：张　懿
责任编辑：欧阳佳子　揭莉琳
责任校对：汤　迪
技术编辑：凌春梅
插　　画：黄沛云
装帧设计：迟迟工作室

书　　名　我想拍电影
　　　　　WO XIANG PAI DIANYING
出版发行　花城出版社
　　　　　（广州市环市东路水荫路11号）
经　　销　全国新华书店
印　　刷　深圳市福圣印刷有限公司
　　　　　（深圳市龙华区龙华街道龙苑大道联华工业区）
开　　本　880 毫米×1230 毫米　32 开
印　　张　9.125　5 插页
字　　数　170,000 字
版　　次　2023 年 6 月第 1 版　2023 年 6 月第 1 次印刷
定　　价　62.00 元

当你最好的朋友提出一个有点疯狂的想法时，
你能做什么？当然是支持她啊！

# 人物表

| 姓　名 | 身　份 |
|---|---|
| 米娅（玛丽亚·维罗妮卡·玛尔塔莉娅蒂） | 女主人公 |
| 珍妮·库恰罗 | 米娅的闺密 |
| 加布里埃尔·马丁 | 珍妮喜欢的男明星 |
| 罗莎 | 米娅的姑奶奶 |
| 特隆贝蒂 | 米娅的教授 |
| 米歇尔·唐泽利 | 米娅的同学 |
| 格雷戈尔 | 马纳里咖啡馆的服务员 |
| 卡拉和罗伯特·玛尔塔莉娅蒂 | 米娅的父母 |
| 肖恩·汉密尔顿 | 米娅的男朋友 |
| 托妮·比斯（安东奈拉·孔福尔迪） | 米娅的同学 |
| 史蒂芬妮雅·马里尼 | 托妮的朋友，米娅的同学 |
| 马露（大舌音姐） | 米娅的同学 |
| 保罗·贝尔第 | 肖恩的朋友 |
| 罗比 | 米娅家的拉布拉多犬 |

| 姓　名 | 身　份 |
| --- | --- |
| 弗朗克·罗·卡西欧 | 米娅的哥哥贝尔尼的朋友 |
| 希拉·库利亚基 | 保罗的学生 |
| 米莫·曼达斯 | 保罗的学生 |
| 瓦伦蒂娜 | 来试镜的女孩 |
| 库尔兹 | 米娅在公园遇到的狗 |
| 莫拉 | 画家，米娅父母的朋友 |
| 罗兰多 | 莫拉的未婚夫 |
| 马尼奥尔菲 | 剧院的经理 |
| 法尔塞蒂 | 消防员 |
| 杰纳里 | 消防员 |
| 洛里斯 | 米娅的舅舅 |
| 阿莉安娜·加尔达尼 | 肖恩的朋友 |

# 电影演职员表

| 姓　名 | 身　份 |
|---|---|
| 珍妮·库恰罗 | 导演 |
| 米娅、肖恩·汉密尔顿 | 编剧及剧作家 |
| 米歇尔·唐泽利 | 摄影师、剪辑师 |
| 舒·李 | 制片助理 |
| 保罗·贝尔第 | 场景设计师 |
| 弗朗克·罗·卡西欧 | 制片监督 |
| 希拉·库利亚基 | 化妆师、灯光师 |
| 米莫·曼达斯 | 音响师 |
| 阿莉安娜·加尔达尼 | 字幕制作师、混音师、剪辑师 |
| 加布里埃尔·马丁 | 唐璜的扮演者 |
| 吉尔伯特·梅尔尼西 | 电影中的导演扮演者 |
| 丹尼斯·阿尔贝蒂 | 电影中的导演助理扮演者 |
| 埃丽萨·弗萨第 | 电影中的剧作家扮演者 |
| 赛琳娜·帕里斯 | 女演员 |
| 佩特拉·诺菲莉 | 杂技演员 |

# 目录

CONTENTS

## 第二部分　从情节到电影

## 第三部分　Action，开拍！

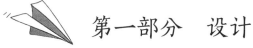 第一部分 设计

## 我的朋友珍妮

你们知道珍妮吗？

她是我最好的朋友。我知道这样说像是幼儿园的小孩子，但我们俩就是在幼儿园认识并成为朋友的。我们已经认识十年了，这是一个令人难忘的数字，基本上是我们的整个人生。我们成功地通过了友谊的重重考验……现在让我来详细介绍一下吧。第一关是学校：刚开始上高中，我们是在同一所中学的，后来她转学去了另一所学校，因为她觉得我们学校过于传统，她更喜欢在高中学习戏剧、电影、数码摄影与技术这种实验性的课程。并且随着时间的推移，我们的品味也发生了变化。好吧，我们总是有一些不同的观点，即使两者可以兼容。我们不会被八卦、流言所影

响，因为我们都不相信这些。一般情况下，我们更愿意向彼此解释清楚。爱情有时也会成为友情破裂的原因，因为一个有男朋友而另一个没有，或者因为男朋友不喜欢你的朋友……好吧，可能我们是幸运的，我的男朋友肖恩跟所有人都和睦相处，并且也很喜欢珍妮。至于珍妮，耐心点：她还没有找到一个能征服她的男人。她还处于"见一个爱一个"的阶段，她有一个房间，贴满了各种DJ（唱片节目主持人）、歌手、模特、演员以及我不认识的人的海报（海报每月一换），真不知道她是从哪里找到这些海报的！

事实上，我知道她是从哪里找到的这些"亲爱的""小可爱"。从网上呗。没错，我们都知道，珍妮不是渔夫，网是指互联网，她可爱的"小鱼儿"们就是从油管①视频网站上找到的，他们在视频里展现出非凡的才能，他们会演戏、跳舞、唱歌、讲笑话，有时他们还会扮鬼脸，非常可爱。

现在，可以这么说，珍妮好像完全心态平静了。取而代之的是一个知道自己要做什么的女孩子。她有敏锐的艺术触觉，几乎像一个艺术家，尽管她还没找到她擅长的领域。她妈妈让她参加了各种课程，像现代舞、卡泼卫勒舞②、古典吉他，但由于吉

---

① 油管是对YouTube的戏称。YouTube是美籍华人陈士骏等人于2005年创立的一个视频网站。

② 卡泼卫勒舞，一种源于非洲、把民间舞蹈和自卫动作结合在一起的巴西舞蹈。

他过于复杂，她转而学习了电贝斯。自此，形象艺术的列车出发了，珍妮离开了几周，去我妈妈的朋友、画家莫拉那里，但是珍妮并不喜欢学画画，因为她觉得画画太老套了。在这一点上，她和我之间绝对有共识。

之后，她开始学习漫画，还参加了朗诵和表演课。最后她留在剧院，每天下午跟着一位教授在学校学习。教授鼓励学生们自己写一些文章，然后年底的时候再举行朗诵会。

我们今天就在做这个。珍妮正在折磨我，因为她的文章要写"我"，但她写不出来。

她昨天恳求我说："你在写作方面极其优秀！我，你知道的，我没有写这东西的脑子。"

"但是我不知道你的老师想要什么。"

"不是老师，是一位编辑，"她纠正我说，眼睛都在发光，"他让我们叫他的名字，阿尔多。"

"嗯，好的，但我和你的课毫无牵扯。"我已经失去耐心了。

"这我知道，但是你会写作呀，灵感会这样涌向你！"她打了个响指，"可是我的脑海里没有任何灵感，完全没有！"

"我的灵感并不是像魔法一样出现的。"我反驳道，真不知道怎样才能摆脱这件事，"我甚至不知道我是否有灵感。我写的通常都是发生过的事，而且我也不是特别擅长写作。"

"是啊，你并不擅长！"她取笑我说，"尽管你已经在校报上发表文章了！"

"我向你保证，这还不够，我在校报上写的是我知道的东西，但在这儿是要虚构的……"

"来嘛，亲爱的，只要你稍微想一下，就已经非常出色了！况且，如果你不帮我，还有谁能做这件事？"

哎呀，她开始套路我这个不可能背叛她的最要好的朋友。但我却感到可笑，甚至有点想反击。

"不，你听好了，你的……他叫什么来着？"

"阿尔多。"

"对，阿尔多想要的是你写。即使你草率写下的胡言乱语，或者没头没尾的烂东西，也没有关系，这也是教学的一部分，你明白吗？"

珍妮用恳求的目光注视着我："你想让我在他面前做个傻子吗？"

我被惊呆了，愣了片刻，然后大声说："不，珍妮，我没这么说！你迷上这个阿尔多了！"

"不完全是，"她为自己辩护道，"不过你应该见见他，他真是太帅了！"

"真的？"

随后，珍妮开始从四个方面介绍他："简直完美！他很高大，及肩的柔软的褐色鬈发，像波浪一样，你知道吗，这些头发真能让你想把手指伸进去……还有他的眼睛，是一种非常迷人的颜色，灰色的，一种从未见过的颜色。你知道吗？它们甚至会发光！有时会变成墨绿色，尤其是当他表演的时候，你会迷上他……他的声音？那简直令人难以置信，他的声音很温柔，像被柔软的丝绸外罩包裹着一样，抚摸你的耳朵，让你的心都融化了。有时我不太理解他在说什么，因为我已经完全沉迷于他的声音，单是听到语调就要哭出来了……"

看到了吧？珍妮非常擅长描写。这是一项我没有的能力。比如，我从来没有从身体方面描写过她的外表，因为我觉得描述人们的外表形象是多余的。但是珍妮让我明白了，外貌描写也有其存在的必要，特别是对于那些要扮演角色的人来说。因此，我必须尝试去描写，也许我能够学会更好地介绍人物，而不是让读者试着去想象角色。

珍妮现在正在进入我们图书馆里的那个酒吧，我们经常在这儿聚会。她脸上洋溢着快乐的笑容，在她戴着的窄长形眼镜后面，眼睛笑得眯成了两条线，也许是因为在此刻，也许是因为她过肩的长发，她看起来像只猫。她穿着非常合身的牛仔夹克和紧身裤，可能是多亏了那些舞蹈课——卡泼卫勒舞课以及其他我想不起来的课，珍妮看起来又纤细又结实。她迈着灵活的步伐穿过酒吧，像猫一样依偎在我身边喵喵叫："嗨，亲爱的！"

"珍妮宝贝！"我们互相亲吻脸颊。

"我有个好消息。"她高兴地对我说。

"你写完了你的小短文？"我问，已经被她的喜悦感染了。

"什么小短文？"她看起来有点迷茫。

"那个戏剧片段……给阿尔多的那个……"

她惊讶地看着我，仿佛我说了另一个世界的事。"阿尔多？这和阿尔多有什么关系？"她皱着眉，随后又放松下来。"哦，天哪，亲爱的！我说的是一个新消息！"她笑着说，中间有意识地停顿了一下，然后她宣布，"亲爱的，我想拍电影！"

"你想做什么？"我嘀咕着，居然没听懂。

"电影，我们拍电影吧！"

我没有忽略那个细节，她用的是第一人称复数：我们。并且还是直陈式现在时！

## 珍妮告诉我一个秘密

这时候就需要知道她是什么时候有了对电影的这种突然的热情。

"你知道的，我一直都喜欢电影。"珍妮对我解释说。

"一直？"我问道，但我可能还是别说话比较好。就我知道的，珍妮"一直"喜欢戏剧、卡泼卫勒舞、击剑和电贝斯，直到她觉得无聊为止。她的"一直"仅限于充满这种激情的时候。

"当然了，"她非常用力地点头，"我看过数千部电影！"

"好吧，看电影不意味着……"我试图劝阻她，但是她仿佛是一条充满激情的河流："我认识所有的演员！而且我一直关注新片！"

"是，确实是这样，但是……"

"还有，我一直对幕后的事情感兴趣。你记得我买的那本关于如何制作动画片的书《不可能》吗？"

"可那是你画漫画的时候！"我试图提醒她，而她也已经准备好了："没错！因为漫画可以用来制作剧情梗概的系列图片，我已经朝着电影之路出发了。"

"听着，珍妮……"我又打断了她，"但是戏剧那边呢？到昨天为止你可只是谈论戏剧啊。"

她耸耸肩，用一种理所当然的语气说："戏剧是电影的入门。事实上戏剧仅仅是一个外壳，而里面，需要的是演技好的演员们。"

入门？戏剧外壳？里面？珍妮怎么突然这么说！我瞪大了眼睛："珍！你怎么知道这么多？"

她绽放出灿烂的笑容，两只眼睛笑眯眯的，像两条明亮的缝儿："看到了吧？我都知道。"

"你怎么知道的？"我继续问，我的眼睛紧紧地盯着她。我认识珍妮一辈子了，她不会嘲笑我的！

"一开始，你知道的，我们学校有一门电影课……"

她开始展开来讲……"我知道，但是你告诉我那门课更多的是让你们看经典影片，然后进行评论。"

"但是重要的是，学习电影是为了知道它是怎么制作的。"她用一种造作的语气说道。

"是，是，可你怎么决定放弃戏剧去投身电影了呢？"

这时候，她屈服了，叹了口气，用一种非常戏剧性的语气大喊道："好吧，我告诉你！我恋爱了！"她像动画片里的人物一样捏着手指，眼睛看着天空。

"那你现在才告诉我?!"我开玩笑地责骂她。

"米娅，这是最高机密。"她压低声音，像在跟我密谋什么一样。

"为什么？是谁呀？"

"是一个非常有名的人，电影里的一个人。"她警惕地环顾四周。"抱歉，但是他知道吗？"我问道，因为你们永远不了解珍妮。正如我所说的，她生活在幻想里，有时把幻想当作现实。

"他当然知道！"她气愤地说。

"他是谁啊？你必须告诉我，快点，我发誓我不会告诉任何人。"

"是……加布里埃尔·马丁。"她终于声音颤抖地开口了。

"电视剧《家庭律师》里的那个？"我半信半疑地问道。

她点点头，一只手放在喉咙上，另一只手在空中挥舞："对不起，我必须喝点什么，这种感觉快让我窒息了。"

我赶到柜台点了两杯果汁，然后回到她身边：我发现她弯腰看着手机，好像在祈祷。

"他刚刚发短信给我！"她兴高采烈地说。

我把果汁放在桌子上。珍妮拿起她的那杯喝了一口："谢谢，咪咪，你真好。我跟你说，从昨天开始，我甚至吃不下饭，我完全不知所措！"

"那你是怎么认识他的？"我问。

"你都不会相信，这太神奇了。"她深吸一口气，因为她的语气非常气促，"我去这个剧组试镜，《蠢事》①……妈妈非让我去，她说他们正在寻找像我这样的女孩子和男孩子来做广告，其实很多演员都是从拍广告开始的，就像正在给冰淇淋拍广告的斯蒂芬努·阿科西②……"

"你没有告诉我关于你试镜的事。"我对她说。

她摆摆手："不，不，我没有告诉你是因为没有时间，而且主要是我妈妈在里面掺和，我并没把这件事放在心上。不，应该

---

① 一部意大利戏剧。

② 斯蒂芬努·阿科西（Stefano Accorsi, 1971—　），意大利演员，曾获第59届威尼斯国际电影节沃尔皮杯最佳男演员奖。代表作有《爱的旅程》《冠军》等。

说这看起来很蠢，我想尽快脱身，就像去看牙医时一样。"

"你跟你妈妈一起去试镜的？"

她睁开眼睛："当然不是！她陪我到那栋别墅，里面有几个男孩和女孩，但不多。好像是为那些有戏剧、电视或时尚经验的人准备的，这也是我妈妈非常关注的原因。你知道，她很乐意看到我立刻出名。"

"不过，你知道的，妈妈们……"我含糊地评论道，想到我妈妈仍然在努力让她和她的剧团都有一点名气。剧团已经有上百年的历史了，每年春天他们都会举办一场演出，称为……"特别"。

"无论如何，重要的是，当我到那儿时，我发现他在那里！"

"加布里埃尔·马丁。"我指出。

"是的，没错。实际上他是广告界的明星。他们正在找两个女孩和一个男孩放在他旁边，明白吗？"

"他们选中了你。"我总结道，为这个消息感到开心。

但是珍妮马上就让我冷静了："等等！他们选中了尖叫的金发女郎，知道了吧？一个连表演都不懂的女生。但是加布里埃尔注意到了我，他说他必须专注于像我这样的普通女孩。"

"这是一种赞美？"我有点困惑。

"当然了！"她肯定地说，"这是他说的，你不这样认为吗？"

"也许吧。然后呢？"

"然后他们让我知道，因为制片人和客户都想要金发女郎，他们是为广告付费的人，而加布里埃尔和导演则支持我和另一个像我这样的普通女孩。"

"像你一样漂亮。"我指出。

她耸了耸肩："不如通过试镜的女孩漂亮。你知道吗？她是一个模特，可能是摩尔达维亚的。但是加布里埃尔说这很让人反感，不好。"

"所有这些事，他是什么时候告诉你的？"

"我们互相留了手机号码，我们要做的事就是聊天……哎呀！"她被手机声音吓了一跳，并抓住手机给我看亮着的屏幕。"看，又一条消息，是他。"她立刻读了起来，微笑着大喊，"好开心呀！"

"难以置信。"我评论道，在这一点上真的让人很惊讶。然后，一个带有恶意的想法从脑子里冒了出来，我愤怒地问她："为什么你到目前为止还没跟我说所有这些拍电影的事，而且这和他有什么关系？"

"有关系！"她反驳我，同时匆匆回复对方信息。然后才淡淡地宣布："我告诉加布里，我想拍电影，我正在准备拍一部电影。"

"你做了什么？"我提高声音。

珍妮抬起眼来，透过眼镜看着我："你能小点声吗？我不希望全世界都知道我的事。"

"全世界"——也就是两个坐在远处的老奶奶、一群互相交谈的韩国学生、两名正在谈论游戏的调酒师，还有一个正在笔记本电脑上打字的家伙。

珍妮打了个喷嚏，放下手机，解释说："好吧，我对加布里说了这件事，是因为我不想让他带我去做一个一心想着成为一名广告演员或模特的傻女孩。说真的，我想当导演，对当演员不感兴趣。"

我万分惊讶，缓了一会儿："从什么时候开始的？"

"有一阵子了，"珍妮含糊不清地说，"只是我曾经一度想做戏剧导演。可是，仔细想想，我更喜欢电影。并且与加布里谈论此事时，我更加确定这就是我要走的路！"

"什么时候聊的？聊了多久？"

珍妮突然大笑起来，问道："咪咪，你在纠结什么？"

然后我也开始笑了："你让我感到困惑，我什么都不明白啊！你已经叫他加布里了！"

我们笑了，手机又响起了嗡嗡声，珍妮像鹰一样飞快地抓起手机："他好可爱啊！他给我发消息说，他准备免费在短片中扮演主角！"

"你说什么？这是什么情况？你必须给我解释一下……珍

妮，求你了！"我笑着咕哝道，双手合十。

她一直疯狂地笑着，笑弯了腰。

## 珍妮的计划

我终于解开了谜团。

首先，必须了解加布里埃尔·马丁是谁，他已经成为珍妮的
（新）灯塔。

我不是他从地质年代起就开始演的电视连续剧的狂热爱好
者，但有时我也会在祖父母那里看到他演的电视剧——他们一集
也不会错过——尤其是《家庭律师》。加布里埃尔·马丁扮演的
是剧中律师十几岁的儿子：随着时间的推移，这个律师结了婚，
后来成了一个绝望的鳏夫，因为他的妻子，一个非政府组织的
医生，在非洲死于一种致命的病毒，然后这个律师娶了他的小姨
子，有了两个孩子，成年后的他们，其中一个就是加布里埃尔
演的。

显然，他是很多女生（尤其是初中生）的偶像：他经典的金
色鬈发，蓝眼睛，灿烂的笑容。另外，他好像之前是游泳冠军，
所以他有宽阔的肩膀。我说过，他是十二三岁女孩们的偶像，她
们在他背后流口水。而到了我这个年龄的女孩们则耸耸肩，觉得
他只是个小男孩，只让人心生宠爱。但是，珍妮告诉我加布里

埃尔并不是电视剧中所说的15岁，而是18岁。他当然是没有长好！我一想到肖恩17岁了，长得却像他哥哥……不管怎么说，再回到这个电视剧明星身上，看起来加布里埃尔·马丁其实立志要拍电影，而且已经演了一些小角色，但他的梦想是出演一个作为主角的好角色，比如在一部像《饥饿游戏》这样的传奇影片里当主演。

与此同时，在出演电视连续剧的空余时间里，他接拍了这则甜点广告（珍妮没有出演这个广告，因为最后选中的是那个摩尔达维亚的女生）和一些时尚节目。很显然，他对戏剧并不感兴趣，因为在剧场演戏很累人却赚不到几个钱：我说这些只是为了让大家明白他属于哪类人。

所有这些，他都告诉了珍妮，不仅因为她是个女孩，用她自己的话来说，"普通"，不造作的可爱的女孩子，还因为她宣称的对电影的热情和她想成为一名导演的愿望。显然，珍妮像往常一样，放飞自己的想象力，告诉他自己在学表演，但她对导演特别感兴趣，而且已经在构思一部电影了。

"什么电影？"加布里问她，应该说是他写给她……他们的对话大多都是通过手机进行的。她没有回答，因为这个问题让她感到惊讶：电影就是电影，"什么"是什么意思？幸好他又补充写道：一部短片吗？

那时，聪明的珍妮迅速上网查了一下，发现"短片"是定义短电影的术语，以区别于一个小时以上的电影长片。

是的，一部十分钟的短片，她写道，但她错了。因为显然十分钟的短片是很长的！

加布里埃尔：十分钟？你确定吗？那么，我们需要一个好的制作。

珍妮迷惑了：他说"制作"是什么意思？是想法？场景？因此她仍然含糊其词：最重要的是设计。

但谁制作呢？他坚持问。

珍妮认真地写道：我制作，我想把控自己的电影。但是，这句话似乎是安吉丽娜·朱莉[①]在一次采访中说的，她是她自己电影的导演、演员和制片人。然后，珍妮夸大了：我想以不到18岁的导演身份参加电影节。你怎么看？

就这样，加布里埃尔被说服了，甚至毛遂自荐了起来：是个好主意。你是说威尼斯国际电影节[②]？你是一个将拥有无限可能的女孩，尤其是如果电影的主角是加布里埃尔·马丁。

---

① 安吉丽娜·朱莉（Angelina Jolie，1975—　），美国著名演员、导演、编剧、制片人。

② 威尼斯国际电影节（Venice International Film Festival）是每年8月至9月于意大利威尼斯利多岛所举办的国际电影节，创办于1932年，是世界上历史最悠久的电影节，号称"国际电影节之父"，与德国柏林电影节以及法国戛纳电影节并称为国际三大电影节，在电影节期间会颁发最高荣誉金狮奖。在电影黄金年代（20世纪30年代—60年代），威尼斯电影节是诸多电影大师的摇篮。

现在，我认为加布里埃尔是想制作自己的个人电影。珍妮不仅是一个聪明、可爱、独立且对电影充满激情的女孩，而且也很富有。她准备自掏腰包制作电影！可以肯定的是，当珍妮告诉他她曾几次去过戛纳电影节时，误会就更大了，因为她说她的姨妈在那边有别墅。但是珍妮的姨妈，实际上是在蒙特卡洛有一栋房子，而且那个远房的姨妈非常小气，珍妮在她那儿住了一个星期，她居然还要求珍妮父母支付日常生活费！

不管怎样，虽然这些信息还少了一点，但也足够了。因为我有一个想法，大家各自独立进入轨道，她将成为"非常温柔的"可爱的加布里埃尔·马丁的导演，他将最终成为一部为他量身定制的电影主演，而这要感谢另一个非常年轻且富有创造力的女孩，也许她像伊朗人莎米拉·玛克玛尔巴夫①一样，17岁时就执拍了她的第一部电影，堪称杰作。当然，我的这些信息……猜猜是从谁那里得到的？从我的朋友，她有一天成了导演兼制片人，并且为她的下一个职业找到了参考点。

要知道，就必须真正地从头开始。即使我不曾喜欢，甚至没有被征求过意见，但我也必须进场，我就是另外那个女孩。

---

① 莎米拉·玛克玛尔巴夫（Samira Makhmalbaf，1980—　），伊朗导演、编剧、演员、摄影师、制片人。

# "拍个电影"是什么意思

我们在我家里，远离图书馆里那些包打听。家里没有别人，我的父母都去上班了。珍妮和我可以在厨房或客厅随意聊天，但最终我们还是躲在我的房间里，因为迫切需要找到关于加布里埃尔坚持"制作"的确切信息。

无须进行太多搜索。可以选择在谷歌输入"低成本制作的电影"，但是当阅读一些简单的基本技巧时，我们感到震惊。说实话，珍妮开始担心，甚至开始坐不住了。

"它怎么说第一要务是获得设备？"她尖叫，看起来很气愤，"现在我们可以用任何设备拍摄！即使是最普通的手机！"

"是啊，但他们做的是短视频，而你说的是拍一部电影。"

"听着，米娅，我看过各种视频，包括所谓的短片。另外，也就是几分钟的事，并不是我一开始想的十分钟！"

她简单地看了我一眼。我们对视了一下，思索着这个非常重要的发现，然后我问："短片持续多久？"

"看怎么说了，几分钟吧，最多五分钟。看看，我给你看一些短片……"随着手指在手机上快速输入，珍妮翻出一些她已经下载的视频。只看了前几个片子，她就评论道："这不棒吗？瞧，这需要什么？四个人，五个，等等，也许六个……他们是在家里拍的，多么简单的事情！"

"是的，也许你是对的。我在家里……等等，这个场景在外面，但是在花园里，这也没有什么大花费……"

那段视频很搞笑，它取笑了处于恋爱中的两人给对方的刻板印象。这些家伙很棒，但必须承认他们年纪比我们大，而且除了讲故事以外，他们还制作了一系列独幕剧，像电视节目。珍妮也同意我的看法。

"是啊，这都是小品。而我更想讲述一个真实的故事。也许是内容会引人思考的故事……就像莎米拉·玛克玛尔巴夫的电影一样。现在，我让你看看预告片！"好啦，单击那个时长一分半钟的视频，它看上去像挪亚的胡子那么长。片中有一个老人在祈祷，两个小女孩凝视着他，彼此无声地笑着。

珍妮说："这并不是一部预告片。"她意识到这是电影里一个场景的录制。

"哇啊，痛快！"我们感叹道。

"事实上，这不是一部快乐的电影。"她有点气恼，然后用蛮横的口吻补充道，"这部电影讲述了一对被父亲囚禁十二年的姐妹最终获得自由的故事。"

"啊。"

"是的，我明白！这当然不愉快，但它具有深层含义。"她生气地说。

"你觉得你的短片里就演这种东西吗？"我有所警觉地问道。

"拜托啦！我不喜欢沉重的故事，你知道的。"

"那我真搞不懂了。你先给我看了一系列好笑的小品，是在家里拍摄的，然后是这位莎米拉拍摄的一部真实电影……"

珍妮补充说："玛克玛尔巴夫。"我再次感到惊讶，她常常忘记一些简单的事情，更不用说这么复杂的名字了！可是，她竟然刷地一下，眼睛都不眨地说出来，好像是背得滚瓜烂熟的绕口令。

"难道是加布里埃尔建议你去看莎米拉的电影，因为她很年轻？"

"假如！想象一下！"珍妮举起手，像是赶走这个有点恶意的问题，"他对电影一无所知，他只知道著名的北欧传奇和大片。是我自己进行了一些调研：我去搜索女导演，而她是其中最年轻的。而且她父亲就是一位非常著名的导演。"

"从没听说过。"

"当然！人们只谈论美国人。"

"也谈论意大利人。"

"好吧，当然，他们在家里玩……"她不确定地回答，"但无论是在这里还是在美国，都没有一个如此年轻的女孩拍过真实的电影，例如莎米拉和她的妹妹哈娜，哈娜也是一个导演。之后就引起人们对他们国家的兴趣和关注了！"

"但是，在她自己的国家，你看看，没人会宣传这些电影，也许甚至都没有人看过这些电影……"我仔细思考。

"这是肯定的。显然，获奖也是因为她们的努力……于是，我也问自己：如果15岁的我尝试一下，也许我也能拍一部真正的电影，把它拍得很好，难道不能像莎米拉一样被推荐在戛纳电影节放映吗？"

"我觉得行。"我赞同她的想法。

这时，珍妮从椅子上跳了起来，手举在空中，好像她已经入选了。"是的，我知道！我知道你会像我一样想问题！"她抱着我，我们几乎倒在了地上，而我则尖叫着："喂喂，冷静冷静，你要摔着我啦！"

"你家里没什么东西吃吗？"她问着，就走进厨房，坐在椅子上，然后再次低头看手机，就像一只老鹰，爪子里抓着猎物。"看这个，她用手机拍了所有东西。"她给我看了一个视频，是一个女生讲述她的"油管人生"。同时，她打开冰箱，看着里面的东西，皱着眉头："没有你奶奶做的泡芙吗？原来一直都有的啊。"

"吃完了。周末贝尔尼来了，我妈给他打包了一包带回去吃。"

"那我们吃什么？"

我指着放饼干的橱柜，而她却失望地说："唉，好吧……我们还是回到油管吧！"

我看了视频。"但是，这一次，看得出来，都是她独自在家做的。有点像那种初中的练习，你还记得吗？"我问。

她凑过来，大口嚼着饼干，皱着眉头，坦言道："也许你是对的，事实上，这有点无聊。"她一个单击，立即删除了这个视频。几块饼干屑掉在手机屏幕上，她用另一只手把它们扫掉，告诉我："小心点，你会让我崩溃的。"

我把手伸进饼干袋，然后仔细地观察："之前的视频，那些男孩的录像，看起来更像电影，更……准确。"

我们重新看了一下那个视频，甚至暂停了画面，以便更好地观察场景。我们意识到那个片子运镜非常平稳，也许他们确实使用了特殊的设备，可能是一台简单的摄像机，他们照亮了场景，并选择了镜头取景……

现在，我们需要找技术人员。

## 电脑迷——米歇尔

技术人员毫无疑问就是米歇尔，技术消费主义者。如果不找他，还能找谁呢？

但是珍妮开始抗议："不，不！米歇尔就是一个灾难，求你了！"

"我知道，但是……你知道吗？他有一个房间，看起来像是制作间：音乐、电影、电视节目都可以在这里制成。"

"但是，拜托，他只是在做些蠢事！"她语气沉沉地嘟囔着。

"好吧，但是有些人做得更糟……"我试图为他辩护。

"天哪，你说什么？"珍妮四挡启动般点火了，"你不记得有什么压力了吗？那是个疯子！另外，他的父母鼓励他，坚信他是一个天才，即使他啥也还没弄明白，他们也给他买了一切……"她喘了会儿气，摇了摇手，像是要扇扇风来缓解这个想法带给她的窒息感，然后宣布："米歇尔绝对不行，我放弃了！"

"你想这么轻易地投降吗？他只是有点固执……"

"固执？"珍妮重复了两次，夸张地提高了声调，"米娅，拜托你，想想我们的诺言吧！"

说到这儿，我们必须先倒回到几个月前。

事情是这样的：珍妮不得不去米歇尔那里取些作业，她求我陪着她去，因为她不喜欢这个家伙，除非迫不得已，她根本不想在他家多待一分钟——恨不得取了作业拔腿就走。我答应了，因为给我最好的朋友帮个忙义不容辞，这个看似简单、实则棘手的任务，让可怜的珍妮感到极大的焦虑。

可怜的珍妮不无道理。在米歇尔家门口，他看起来好激动，好像忘记了我们当初取作业的事情。不管怎样，他让我们进来，带我们沿着昏暗的走廊走向他的房间。我发现他光着脚，也正因为他没穿鞋子，所以大理石瓷砖上传来刺耳的啪啪声。笨蛋，谁冷谁知道！然而他似乎不觉得冷。他穿着浅色短袖T恤和及膝的短裤。老实说，他看上去就像穿着睡衣。可能他刚起床，头发乱糟糟的，还没睡醒。看得出来，虽然已经下午三点了，我们还是打扰到了正午睡的他。

"嗯……我们打扰到你了吗？"我问他，珍妮在他后面偷偷地对我做鬼脸，就像说："随他去，别管他。"

"不，不。更确切地说，是因为……"米歇尔有点语无伦次，然后他小声嘟哝道，"我没想到你们两个人来。"

我俩快速地交换了一个眼神，珍妮忍不住了，脱口而出："对不起，米歇尔，你刚才不是说你忘了我要来吗？现在你说你没想到我们来了两人。这是什么意思？"

"没事。"他回答，慌乱地摇了摇头。

抱歉，我还没有像往常一样描述这个人物。现在补救一下：米歇尔有一点像瑜伽熊。你们知道那个吗？高大、粗壮的脑袋上顶着一簇刚直而粗硬的头发，像是一根根针的纺锤。他的眼睛小而细长，大鼻子，薄嘴唇，就像只熊，走路的样子也像，有点左摇右摆，手臂耷拉着。他的"爪子"也有点怪：我觉得他鞋子得是50码的。至于手，我们也得说一下。如果不是定制的话，我怀疑他可能找不到一副适合他的手套。

回到刚刚的意外，我们到了他房间门口，房门看起来就像是处于黑暗中的太空舱的门。实际上，从里面看，它有点像一间控制室。房间里摆着一张巨大的桌子，上面满是美国国家航空航天局[①]

---

[①] 美国国家航空航天局（National Aeronautics and Space Administration），简称NASA，是美国联邦政府负责制定、实施民用太空计划和开展航空科学研究的机构，于1958年创立。它负责美国的太空探索和航天飞机研发，例如登月的阿波罗计划、天空实验室等。

看了也会羡慕的东西。桌子中间供着一个巨大的屏幕，与笔记本电脑相连，此外还有一台平板电脑、一部非常昂贵的手机、一个悬挂在屏幕上的头戴式耳机，桌脚有两个体育馆用的音箱……然后到处都是电线！像藤蔓一样悬挂在很低的木质天花板上。后来我才意识到这个房间在顶楼：可以看到通往上面的楼梯，那儿肯定是熊的床的位置。但是，靠在墙上的电子键盘立即引起了我的注意。

"你会玩吗？"我忍不住问了一句，惊讶地看着他像钢琴家一样的大手。珍妮再次翻了个白眼，瞪着我，好像是在说："你不要瞎掺和！"

米歇尔没有注意到我朋友的不悦，他转过身盯着我，惊呼道："当然！你想听吗？"

"不，你看，我们没有时（间）……"珍妮开始说，但是他像闪电一样扑向键盘，把"爪子"放在了键盘上。震耳欲聋的和弦爆发了，我们两个人像被保龄球击中了的小木桩一样跳了起来。

我从唇语看出来，珍妮在大喊："白痴！"

米歇尔急忙降低音量，抱歉地说："我一般都戴着耳机听，不知道它有那么大声。"

他继续演奏了一些和弦，我问他："是电子音乐？"

他皱了皱眉："是披头士乐队[①]。你可能不了解他们。"

---

① 披头士乐队（The Beatles）是一支英国摇滚乐队，于1960年在英格兰利物浦成立，由约翰·列侬、保罗·麦卡特尼、乔治·哈里森和林戈·斯塔尔四名成员组成，是迄今为止最有影响力的摇滚乐队之一。曾多次获得格莱美奖。该乐队于1970年解散。

我没告诉珍妮我哥哥也装裱了披头士乐队的一张时代专辑，不知道他是从伦敦的哪个地方买的，花了一笔巨款。

珍妮生气地反驳道："不，实际上，我们对音乐一无所知。你能给回我作业吗？"

"嗯，好的，但是我必须给你们看看这个，这太棒了。"他两眼发光地说道。你们知道典型的疯子火花吗？这就是！

他用和刚刚扑向键盘时一样的跃步，扑向笔记本电脑。当然，电脑一直是开着的。屏幕上出现了一个剪辑过的视频。

"不，听着，我们没有时（间）……"珍妮再次试图拒绝，但是，嗒，他在笔记本电脑上轻点一下，视频开始了。

你能想象是什么吗？一个MV（音乐短片）？一个预告片？都不是。穿着T恤的米歇尔熊在讲一个愚蠢的笑话，他的大脑袋做着一系列动作。视频里的这件衬衫和他现在穿着的是同一件，因此我们推断该视频应该是在我们到达这里的前几分钟才制作完成的。由此可见，我们打扰的不是他的午睡，而是他的自我表达。

米歇尔欣赏着自己制作出的精湛视频，露出疯疯癫癫的笑容，而我们两个都把自己的嘴巴拉到了微笑的角度上——仅仅为了保持礼貌。

"很棒，对吗？这是一个可以创建这些特效的应用程序，我给你们看看吧？"他解释道。

"不，谢谢，我们没有时（间）……"我们几乎异口同声地说，但是没有什么用。米歇尔终于找到了观众，他不会放过的！

"看，太棒了，你们也可以制作视频，非常容易！"他抓起手机，用手机对着我们的脸，先是对着珍妮，然后对着我。我们互相遮挡，转过身，用手捂住脸。

"算了，我可不想！"珍妮大喊。

"哈哈哈哈！"他取笑我们，"就算你们用手挡住脸，我也能够把你们变成黑猩猩放在丛林里……"他摸着键盘威胁道。

"米歇尔，够了！"珍妮歇斯底里地尖叫。

我拿出手机对着他："我在拍你，你要小心了。"

我和珍妮交换了一个坚定的眼神。过了一会儿，他崩溃了。

"好啦，太夸张了，我在开玩笑……"他抱怨着，收起了手机。我也慢慢地放下了手，但手机仍然拿在手里。对于某些人，最好永远不要放松警惕。

"我有很多视频，"他又开始吹牛，"我爸妈向我保证，他们会在圣诞节的时候送给我一台Blackmagic①的摄像机……"

"米歇尔，作业！"珍妮板着脸下了命令，伸出手。

"好吧。"他终于放弃了，叹了口气，从背包里拿出一张纸，不情愿地递给了她。

"你们会再来找我吗？来吧，我们玩得很开心。"他说，我

---

① Blackmagic Design是一家世界领先的视频技术革新公司和制造商。

们匆匆走下大厅时，他跟着我们，网只脚像湿抹布一样敲打在地板上。

"绝对不会……"珍妮生气地回答。

我们郑重承诺，我们再也不会踏入这个地方了。

## 肖恩无意之中给了我灵感

距离那次见面已经过去了三个月。也许珍妮是对的，为什么要重复这种让人很有压力的经历？我们打算考虑其他人，明天见面讨论……但是过了一会儿，当天下午，肖恩启发了我。

肖恩，你们知道是谁了，对吧？我的男朋友，他现在还不知道我和珍妮正在做的事，但仍然是我不可缺少的顾问。同样多亏了他，我获得了很多信息，我必须承认，我对这些信息一无所知，比如：什么是Blackmagic。

对我来说，它也可能是有魔术师特效的应用程序。我们坐在沙发上看电视，等着爸爸的拿手好菜比萨。正好看到一个挑战漂流的真人秀，节目里的嘉宾正在以非常危险的速度下滑。毫无疑问，它拍得好极了，尽管在我看来，这种真人秀无聊透顶。在挑战中，没有任何东西能够勾起我的兴趣。

"在橡皮筏里的时候，他们是怎么拍摄这些照片的？"我打着哈欠，有点好奇地问。

"难以置信，对吧？竟然完全不抖。这是用有全局快门[①]的相机拍出的效果，它可以同步曝光图像。"肖恩开始解释它的技术原理。他是一个超级科学迷，梦想成为一名科幻小说作家，即使现在没有人这样称呼他。但是肖恩讨厌对于"幻想"的模糊定义，因为他对龙和精灵不感兴趣。他说，科幻小说源于真实的数据、真实的发现或研究，因此构成了"对想象力始于知识和科学这一假设的推动"。

"是一种特效？"我问道。正如我所说，我对这个主题毫无兴趣。

"不是，没有特殊效果，这么说吧，你知道卷帘快门[②]的工作原理吗？"

我摆了摆手回答说："你在说什么？我连快门[③]是什么都不

———————————

① 全局快门可以类比为人的虹膜，全局快门在释放时会像闪电一样快速打开，在曝光时间结束时会立即关闭。在打开和关闭之间，要完成一次全局曝光。每个像素中的电荷载波累积同时开始全局曝光，这意味着全局像素曝光会"冻结"场景，也就是为什么这种方法适合于对快速移动对象的图像采集。

② 卷帘快门是通过传感器逐行曝光的方式实现的。在曝光开始的时候，传感器逐行扫描、逐行进行曝光，直至所有像素点都被曝光。当然，所有的动作在极短的时间内完成。不同行像元的曝光时间不同。

③ 快门（Shutter）是摄像器材中用来控制光线照射感光元件时间的装置。快门速度单位是"秒"，相邻两级的快门速度的曝光量相差一倍。

知道。"

"你知道相机前头的那个圆柱体的镜头吗？那就是快门。"

"打断一下，肖恩，你从什么时候开始对相机这么有了解了？"

"和那有什么关系？"他很惊讶，"不需要对某种工具特别费力地仔细了解。每个人都知道什么是摄像机，而不只是使用摄像机的人，对吗？"

"好吧，好吧。"我放弃了，"但你是怎么知道快门的呢？"

"是这样的，因为你看电影的时候，你会好奇……"

好吧，我的问题是随便说的。肖恩为什么关注快门？为什么还要研究一系列的技术细节呢？简单！因为你看到一个东西，你会好奇，提出问题，然后上网搜一下……简而言之，就像你对半永久性指甲油一样，你好奇，然后找资料，就知道了。

"这就是，你看到了吗？"他指着一个在橡皮艇里穿着雨衣和戴着头盔的人惊呼，"你能看到他的头盔上有Blackmagic吗？"

我像弹簧一样突然跳起来："你说什么？"

"Blackmagic，摄像……"他没有说完这个词，因为我特别高兴地跳到他身上去了。我抱住他、亲吻他，我们倒在了沙发上。

就在这时，妈妈走进客厅，像响铃一样突然说："孩子们，抱歉打扰一下！"

我们立即分开，肖恩很尴尬，而我闷闷不乐，她问：

"干吗？"

妈妈皱着眉头，双手叉腰，一副要发飙的样子。我好像读到了她的想法，她的想法就像连环画一样贴在额头上。她留给我的话就是："你知道我不喜欢你和肖恩不分场合地在我们面前亲热……"然后我翻了个白眼，我的态度更激怒了我妈，她脱口而出："我想让你帮把手，把桌子摆好。"

我发誓，这是妈妈最好的表演之一！但是接下来没完没了的戏剧课程起作用了！她的声音深沉而充满激情，非常适合电视连续剧中英国贵族的邪恶女仆角色……我要说明的是，肖恩像弹簧一样一跃而起救了我。

"当然，乐意之至。我等不及要尝尝这个美味的比萨了，它闻起来可真香！"

我看着他们两个，有些惊讶。他们是在演戏还是认真的？事实是，他们彼此之间非常清楚：妈妈微笑的嘴角弧度上扬，即将来临的暴风雨消失了。肖恩高高兴兴地跟着她。我躺在沙发上疯狂地在手机上打字：我知道Blackmagic是什么了！你明天必须和米歇尔谈谈。重要！接下来全是红色感叹号。

珍妮并没有生气，而是用一连串问号（也不算太多，能看得出她很烦）来回答我。

我：Blackmagic是一款特殊的相机。你还记得吗？米歇尔提起过！

珍妮：不。

明白了，多么简明扼要的回答。真的不能提到米歇尔。

我：他说父母会在圣诞节时把它送给他，他现在肯定已经拿到它了，这对我们来说简直太棒了，它可以消除拍摄过程中产生的任何摇晃、振动。我们必须让他借给我们。

片刻之后，"对方正在输入"的信息在屏幕上滚动。她可能正在考虑该怎么回我。最后，却只打了三个字：我不想。这么简洁的电文式完全不像她的风格。

我：珍，答应吧！我们买不起摄像机，要花很多钱。

珍妮：我们还是换一种方式。

我：我向你保证会是完美的，我现在已经看到令人难以置信的拍摄画面了。

珍妮：好吧，但是我不想和那个家伙说话。

我开始怀疑：因为这样他就会以为你在鼓励他啦？

珍妮：对。

我懂了！

我：为什么？你试过了？

珍妮：可以说，那之后他纠缠了我一段时间。

我：但是你什么都没告诉我。（我用加粗字体突出强调了这句话。）

珍妮：我其实告诉过你。你记不记得你曾经给他发过短信说，你有一个关于他欺负人的视频，会让他在学校没脸见人？

不，我不记得了。可以看出，我渐渐变得像爸爸一样，能随时随地忘记一切：他的手机简直就是悲剧……他已经丢了三个。不过，我确实有一丝丝印象。

我：可那是过去的事情！

珍妮：我不这么认为。

这时，爸爸戴着围裙出现了，对我说："你的比萨厨师还得亲自来请你屈尊加入我们吗？"

我哼了一声。但是，为什么我的家人仍然坚持像在演电视剧一样地吟诵台词呢？


第二天，不用说，我赶紧去找珍妮，她最终同意在学校跟米歇尔谈一下。我不得不给她发短信，直到精疲力尽，但是我认为这是值得的。现在你们可能会发问：不是珍妮想拍电影吗？跟你有什么关系？你们绝对是正确的。但是要知道，我打幼儿园起就认识珍妮。她很容易放弃，尤其是如果她遇到一些非常小的困难，就会改变方向。还有就是，她拍摄电影的想法真的很棒，我也认为这很好，正如我所说的，她很有艺术天分。因此，帮助她实现自己的愿望，或者至少尝试一下，这是我作为朋友的本分。毕竟，只是借用一下设备，能有什么呢！

然而，米歇尔是一个难啃的硬骨头。珍妮告诉他我们要和他谈谈相机的事后，他立即再次邀请我们去他的"熊窝"。

她当时表现得非常坚决："不，我们不去你家。"

"但是家里更方便，我有所有的设备，我还可以给你展示一些视频……"

"不用了。我们在马纳里咖啡馆见。"她说得很坚决。

"我不想在咖啡馆里待着。"他语气酸酸地回应。

"我请客。"她干巴巴地说。

"啊哈，我们开了个好头。"当珍妮告诉我有关与米歇尔的聊天内容时，我评论道，"依我看，那个人不会来咖啡馆。"

珍妮说："会来的，他会来的。"然后我们坐公交车去市中心。

五点钟，咖啡馆挤满了人。妈妈们带着刚放学的孩子来吃下午茶，上了岁数的女士在吃糕点，还有几对年纪比我们大一点的情侣。在这里见面很奇怪，明明还有那么多其他地方可选！但是珍妮拒绝在大家都会去的图书馆或者牛奶店里见面，我的意思是，我们这个年龄的人都会去这种地方。她更喜欢老式的咖啡馆，我们非常确定在那里不会有同伴或朋友看到我们和米歇尔在一起。珍妮真棒，看到了吧，她有一些好点子。

我们坐在一张刚被一群小学生用过的桌边，上面满是脏杯子和面包屑。

一个年轻的服务员发现了我们，像鹰一样飞奔过来："美女，我马上来收拾。"

"谢谢。"珍妮眨眨眼，然后对我小声说，"不可爱吗？"

"请专注于米歇尔。"我提醒她。

说曹操，曹操到，他站在门口环顾四周。我和珍妮的第一反应，就是躲到桌子底下。米歇尔穿着黄色夹克，就像刚玩过漂流一样，脖子上挂着一条荧光橙色的丝带，上面挂着一台小相机。他看上去像是刚睡醒一样茫然（但午睡应该早在下午五点前就结束了），气喘吁吁的，就像一条鱼被弹射进了咖啡馆。必须说，并不是没人注意他，所有人，我的意思是每个人都转头看他。他没有藏起来，而是抓起相机（此刻我知道这就是那个著名的摄像机）开始拍摄，以至于一个服务员朝他跑了过去，对他说："你在做什么？未经允许，你不能在这里拍照！"

"嘿，这是公共场所！"米歇尔嘟囔着，"这是一个自由的国家！"

除了拦住他，没有其他办法了。珍妮非常棒，立刻冲上前去："嗨，米歇尔。算了，快点，到这里来。"

"非常可爱"的服务员再次出现，眉毛挑到了发际线上："他是你的朋友？"

"朋友……"珍妮优雅地摇了摇头，并且露出一个狡猾的表情，"他是我的同学……"

服务员眨了眨眼，她也眨了眨眼。我的天！这绝对会是我这辈子耗时最长的一次下午茶。

## 招募专业摄影人员

因为珍妮请客，"米歇尔熊"便放肆起来。他点了一杯加奶油的热巧克力，两个炸甜甜圈，一个原味的、另一个加果酱，一杯加冰的柠檬水，以及一杯水果冰淇淋。

"我建议按顺序上！冰淇淋只能放在最后，不然就会融化。"服务员用有点僵硬的口气告诫他。

服务员给了珍妮一个大大的笑容，珍妮的心情这才变好了点，点了一杯普罗旺斯茶。

"不要饼干吗？"服务员问。

"不用了，谢谢。它们看起来很不错，但我对麸质过敏。"实际上，她根本没有过敏反应，但她决定至少坚持一个月在两餐正餐之间不吃甜食。我真不知道她需要忌口什么。

我强迫自己喝不含柠檬的茶，因为米歇尔已经使我感到非常不适。也许珍妮是对的：最好不要与这个无赖有任何瓜葛。

"那么，你们想跟我说什么？"他平静地问。

"挂在你脖子上的就是Blackmagic吧？"我直截了当地问。

"当然，我本想从门口一直拍到你们的桌子旁，但是这里的人自认为是在白宫的咖啡馆！"他故意大声说。

没错，他就是个无赖！

"你能小点声吗？"珍妮抱怨道，越来越生气，然后她压低声音，"听着，我要你来见我们，是因为我想给你个机会。"

"给我？"米歇尔翻了个白眼，将食指放在尚未脱下的黄色外套上。

"没错。"珍妮把手放到桌子上，狠狠地瞪着他，"几乎班上所有人都讨厌你，不是吗？"

"不完全是。我也有我的朋友……"他为自己辩护，但珍妮无情地打断了他："只有马武能忍受你，因为他有听力障碍，常常听不懂你的笑话。"

"不，还有……"

"还有谁？算了，我们不是来这里数你有几个朋友的。"珍妮不耐烦地说。

我惊讶地看着她。她从什么时候开始变得这么冷酷？

"但是，噢，我知道你有一定的潜力，我想把它发挥出来，做一个含金量很高的项目。"

"含金量高的？"他困惑地重复着，我也晕了。

"当然。有……等等！"珍妮突然举起手，米歇尔跳起来，眯起眼睛，好像害怕被打耳光，"你必须郑重承诺不告诉任何人。"

"为什么？"

显然，这是个傻子。

"珍妮正在强调商业保密。"我清了清嗓子，插了句嘴，"我不希望诺言被看作一件幼稚的事情，而被轻易打破。"他们都用充满疑问的眼神盯着我。

"什么商业秘密啊？"他问。

"珍妮会给你解释这个项目，但是从现在开始，你将受到商业保密纪律的约束。也就是说，不许透露任何方面的信息，包括我们今天下午见面的事情，因为可能会导致创意被泄露、被剽窃。懂了吗？"

米歇尔惊恐地迅速将视线从我移向她："但是，这是怎么回事？你们想做什么？"

珍妮又朝他歪了歪身子，看了看周围，小声说："一部电影。"

他放松地靠在沙发的椅背上，发出吱吱的响声，脸上表情明显放松下来："啊哈，明白了！一部电影！"

"嘘！"珍妮让他住嘴，"我不是刚跟你说过要保密吗？"

"对不起，但是这有什么神秘的？每个人都在不停地拍电影。"

"这不同于其他短片，也不是视频，"珍妮非常认真地回答，"它是一个影片，要参加一个选拔赛。"

米歇尔张开嘴，像是被雷击中了一样。然后他再次闭上嘴巴，睁大了眼睛，将视线从她滑向我："你在要我吗？"

"你觉得像吗？"珍妮问，双臂环抱。当他看向我时，我也双臂环抱。

"不，看起来好像不是。"

服务员打断了我们，将一个巨大的托盘放在我们的桌子上，开始分发饮料和甜品。"这是你的。"他边说着，边在珍妮的茶旁放了一碟巧克力点心，"它们是用米粉制成的，是赠给你的小礼物。回头告诉我你喜不喜欢啊！"

"太幸福了！"珍妮向他微笑，点点头。

与此同时，米歇尔惊讶又略带恐惧地看着她。毫无疑问，我的朋友有两副截然不同的面孔。服务员一离开，她就又恢复了那种冰冷和皱眉的表情。

"你今天吃午饭了吗？"珍妮很生气地问他。

"吃了啊，当然吃了，但是现在到吃点零食的时候了……"他回答着，将甜甜圈浸入热巧克力中。

这时候，珍妮呷着茶，决定尝一块饼干，把剩下的都给了我："他给我带来了这些甜点，真是太好了，"她大声地说，"还有人知道献殷勤。"

"真的。"贪吃鬼热情地回应，三口吃完了一个甜甜圈，然后开始进攻第二个。

"可以边吃东西边谈吗？"珍妮生气地问。

"当然可以。"

"所以……"珍妮深吸了一口气，"我想给你的机会是作为摄影师参与我的电影的拍摄。"

米歇尔不为所动，吃完了第二个甜甜圈。珍妮看了我一眼，我马上心领神会："好吧，你不说点什么？"

他边咀嚼边说："不算是机会。"

"啊哈，不是？"珍妮在椅子上坐直，就像准备捕猎的眼镜蛇一样。

"不是。我以为你要我当导演。"

"你傻吗？显然，我才是导演。"

"演员呢？只有你们两个吗？"他一边回答，一边指了指我们俩。

"亲爱的，你错了。我已经聘请了一位著名的演员，而我想让你负责视频的拍摄和剪辑，因为你对这方面比较熟悉，至少你是这么说的。"

米歇尔看了她一会儿，仿佛在消化刚才听到的话："你是说，这真的是一部认真的电影？有专业演员吗？"

珍妮点头。我也点头。

"那你给我多少钱？"米歇尔随口问道。

此时，珍妮伸出双手向前跳起来，好像要勒死他。我按住她的手臂，低声说："珍妮，冷静点！"桌子摇摇晃晃，杯子相互碰撞，发出叮叮当当的响声。

幸运的是，可爱的服务生又出现了，送来一杯水和一碗冰淇淋。"你们还好吗，姑娘们？"他问我们，严厉地看着米歇尔。

"嗯，一切都好。"我赶紧回答。千万不能让珍妮命令他拽着米歇尔的衣领把他轰出去。

"是的……谢谢……"她平静下来，"我们只是在排练一个场景……"

"一个场景？"服务员问，露出微笑。

"是的，搞一部电影。"她透露给他。

"啊！电影？你们是演员吗？"

我仔细观察，看他是否在跟我们开玩笑。完全不是，他似乎是相信了。

"不是，不是。"珍妮客气地摇了摇头，"我是导演。"

"啊！"他惊叹不已，"难怪他穿成这样，而且脖子上挂着一个摄像机！"

"是的，实际上是……"珍妮点点头。

"我还没有介绍自己！"这个男孩向前一步伸出右手，"我叫格雷戈尔。"

"珍妮，还有我的朋友以及合作者米娅。他……是米歇尔。"

"摄影师兼剪辑师。"挑衅者米歇尔补充说。

"姑娘们，我把手机号留给你们，如果你们需要的话，任何事情，甚至当群众演员，或者你们需要在咖啡馆里拍摄一些场景，我都会很乐意帮忙的。"

"但是店老板……"我问他。

"没问题。我父亲是这家店的合伙人之一。"

"哇。"珍妮小声说，瞥了我一眼，试图忍住大笑。

"算得上是个漂亮的地方。"米歇尔嘴里含着汤匙说。

珍妮立即不笑了，瞪了他一眼。

格雷戈尔说："你们继续排练吧。"与我们坐在一起的无赖不同，格雷戈尔非常有分寸。

我嘲讽地对米歇尔说："所以你已经把自己定义为摄影师了。"

"当然。那不是你们要我做的吗？"

珍妮继续尖锐地说："我警告你，没有钱，只是为了做一件漂亮事，凭热情工作。"

他耸了耸肩："漂亮不漂亮，等着瞧吧。没有保证，也没有钱。"

"没错。"

"但是如果你把电影放到电影节上，你可以赚点什么，对吧？"他按照自己的逻辑继续说。

"我不知道，"她回答道，做了个鬼脸，"我不喜欢这种话。"

"你不喜欢，但是电影是生意，不是慈善的作品。"

我叹了口气，翻了个白眼。上帝啊，这多令人反感啊！至此，我想要结束对话。周围还会有其他背着摄像机的摄影师，这是什么鬼话！

"所以，我告诉你，如果碰巧我参与拍摄的短片获了奖，我会要求得到属于我的部分。"这个坏蛋总结道，吞下了最后一勺冰淇淋。

我正想说："好吧，珍妮，咱们离开这里。"我的朋友向米歇尔伸出手说："同意。成交了。"

"我还要负责剪辑吗？"他在我惊讶的目光下补充问道。我从未想到这两个人会达成如此这般的默契。

珍妮耸耸肩："要我说，是的。"她思考了一下又说，"很明显，最后拍板的，绝对是我。"

"明白，你是导演。"他抱怨道，"但是你必须决定如何剪辑这部电影。"

"我会决定的。"

"我是说，我想说，你已经有故事了，对吧？"

## 巧遇未来的制片助理

什么故事？我们还没有认真想过！故事总会有的，对吗？首先，就像加布里埃尔·马丁说的那样，"制作"很重要。如果我们没有设备，也不知道谁可以参加电影拍摄，那么我们能拿出什么故事？通常的视频就是《爱情与微信》以及《周六晚上》那类主题的小短片。我和珍妮就这样讨论了一下，她一直反复说我至少得拿出来一个烂大街的故事，但实际上我能为这费什么心呢？

"一个什么故事？"我固执地问。

她哼了一声："一个故事，来吧，不要搞得太复杂！"

我的脸色阴沉下来，说了让她讨厌的话："主人公是谁？我们必须从这里开始。"

"你想跟谁，你决定……"她挥了挥手，好像她想忽略这个问题。

"我不能决定这件事。你已经和加布里埃尔说好了，保证他要演个主角。"

但是她耸耸肩，毫不在乎地坚持说："哦，好吧，你写一个有男主角的故事就完了。"

"听着，珍妮，这不是订比萨。你不能写一个四季故事①。"

她受到了启发，叫道："挺可爱的，一个四季故事。我喜欢！"

"我们说过不想拍一部有很多不同场景和情节的电影，对吗？可用这样一个题目，这部电影必须分成多个片段……还有，

---

① 四季故事这个词是从四季比萨引申出来的。四季比萨是意大利最受大众欢迎的比萨之一。以番茄酱和奶酪作为底料，将饼分为四等份，分别撒上蘑菇、黑橄榄、洋蓟和意大利火腿四种不同的馅料，象征着四季。这里的"四季故事"意指涉及多主题的电影脚本故事。——译者注

很抱歉，这只是一个例子！”我愤怒地总结着自己想要表达的意思。

珍妮噘起嘴：“好吧，我觉得你不想参加这个项目！”

“你说什么呀？”我反驳道，“我从一开始就跟你说了，我正在帮你……”

“对啊，当然了，你陪着我和其他所有人，但是，总之，我认为你不想用心，只是想在局外当个观众……”

“绝对不是！”当“绝对”这样的副词出现时，意味着我快要绝望了。

“那么，来吧，咪咪，把这个故事写下来，这样我们就不用再讨论了！”

这好像很容易。

这可能是一个不同寻常的故事。因为，第一，用我们的方式所做的幻想可能是荒谬的；第二，侦探片需要做得很完美；第三，历险需要很大的空间；第四，音乐剧，可想而知，这就需要舞者和歌手……这必须是一个简单而愉快的故事，因为正如珍妮所建议的：“这绝对不能悲伤，因为我不能忍受悲伤的故事！”一句话：我必须写一部很简短又很精彩的喜剧。至少要这样！

我一直在思考这个问题，反复斟酌，肖恩都发现了。

“嘿，米娅……你在吗？”当我们挽手在街上散步时，他问。

"当然。"

"你确定吗？我觉得我正走在一个机器人旁边，你偶尔才搭理我。"

"我哪有偶尔搭理你，我听着呢。"我撒谎了，"你刚刚问我喜不喜欢寿司。"

"那是几分钟前，你跟我说你不喜欢。刚才我跟你说的是学校里发生的一些蠢事，我是没指望它会让你觉得好笑，但我也没想到它会让你闷闷不乐。"

我站住了，惊讶地看着他："我闷闷不乐了吗？"

"现在没有，但是刚刚我们走路的时候，你有。你不看我，但是我看着你，你想了很久自己的事。"过了一会儿，他问我："你遇到什么事了吗？"

"没有。好吧，是的，或许是。"我像米歇尔熊一样嘟囔着。肖恩迷茫地看着我。小可怜！为什么我要让他如此担心？"可能不是一个问题，"我又说，"就像是一个挑战。"

"什么挑战？"

我挠了挠下巴："一件我不知道是不是可以做的事情，但是我现在已经答应做了。"

肖恩的胳膊从我的肩膀上放开，我突然感觉天更冷了。他担心地看着我："这是怎么回事？一个作业吗？还是一场比赛？"

"是珍妮的电影。"我叹了口气。

他皱着眉头问："珍妮的哪个电影？我什么都不知道啊。"

"好吧，我告诉过你珍妮想拍电影，我得给她写个剧本。"我的语气很尖锐，不得不一直重复这些话让我觉得很烦。

"不，等等，"他指出，"你只是告诉我，珍妮想和一个在试镜时遇到的男孩一起拍电影，而且她有很大的概率会放弃……就像过去那样。她想去参加威尼斯电影节的竞赛，如果我足够了解珍妮，她已经梦想着穿什么礼服去走红毯了！"

"对，没错，但我是她最好的朋友，你明白吗？"我用悲哀的声调说。天冷得让我发抖。我们站在人行道上解释这件事，我觉得等解释清楚就要面带怨气地冻僵了，于是我建议说："抱歉，我好冷。咱们能不能边走边解释啊？"

"好，甜心，你说得对，过来，来这里……"最后，他将我包裹在他柔软飘香的臂弯里。他揉搓着我的肩膀，让我沉浸在温暖里。我把脸埋在他的夹克上，没有再说话。


我们坚定地走向牛奶店，那里人山人海。在这里，你总会遇到熟人，如果你不想独自度过一个下午，到这里肯定能找到同伴。因为外面很冷，现在店里的人多到难以置信。我觉得我们来这儿不是个好主意。这么乱哄哄的，我们还怎么说话啊！

当肖恩挤进去给我俩点餐时（我看到他和几个帅哥击掌打招

呼），我听到有人叫我。

一个两人座的小桌子旁围了五个女孩子：其中两个是珍妮的朋友，我有时会和她们出去玩。如果不是为了跟我打听八卦，我不相信她们会跟我打招呼。

"珍妮真的和米歇尔在一起了吗？"我记得说话的人好像叫安东奈拉，也有人叫她托妮。这时候我想起了《罗宾汉的故事》[①]里的卡通眼镜蛇比斯爵士：同样的黑框眼镜后面藏着一双瞪大的窥伺的眼睛，同样的大嘴巴，只是没有那条分叉的舌头！

"不清楚。"我紧张地回答，"他告诉你的吗？"

"但是她们看见他们在一起了，他也不否认，只是支支吾吾的。"托妮·比斯发出嘶嘶的响声。

"好吧，那我可以很确定地辟谣：珍妮不喜欢米歇尔。"我非常认真地说。

"我说什么来着！"托妮的朋友一边说，一边梳理她放在一侧肩膀上的像条蟒蛇一样长长的黑发，"珍妮一般更喜欢很酷的

---

① 罗宾汉是英国民间传说中的英雄人物。他武艺出众、机智勇敢，仇视官吏和教士，是一位劫富济贫、行侠仗义的绿林英雄。故事讲述了12—13世纪，英格兰的理查王带领十字军远征，留在国内的约翰亲王趁机篡权，而与他狼狈为奸的诺丁汉郡长也趁机强占了忠心于理查王的罗宾汉家的领地。罗宾汉被迫躲进舍伍德森林，以此为基地，带领一批绿林好汉，凭借着自己的机智和勇敢，劫富济贫，对抗昏君的暴政。罗宾汉这位传奇英雄不仅在英国，而且在西方很多国家都广为人知，他的故事也经常出现在电影和电视屏幕上。

家伙。"

我保持沉默。我懂她们：这些女孩，只要你给她们一根手指，她们就能造出一只手来，还可能是六指的。

"那你呢？你是一个人还是跟谁一起？"托妮问，同时伸长脖子向我身后看。

"托妮，不是吧，你也看到跟她一起进来的那个男孩了。"她的朋友假装骂她，甚至轻轻地给了她一个手肘。

托妮·比斯睁大眼睛，假装惊讶："谁啊？那个晒黑的人？"

这种毫无意义的笑话让她们俩都笑了。然后我坚定地回答："那个帅哥。"

与此同时，那个帅哥正举着两个盘子朝我们走来，他高举着盘子避免碰到人时盘子掉落。"嘿，你找到坐的地方了吗？"他面带笑容地问。

"是的，在这里。看，这些女孩要走了。"我对他微笑。

"谁？我们？"托妮问，这次是真的很惊讶。

"是的，当然……"我朝她轻声说，"你不想让我大声说出你有多严重的种族歧视，对吗？"

"但是我根本不是种族主义者！"她为自己辩护，感到震惊，"我只是说他晒黑了……"她停下来，感觉到肖恩的目光在她身上。"你的意思是，不能讲个冷笑话吗？"然后，她毫不犹豫地转向她的朋友，"起来，咱们走，我才不想陷入一场愚蠢的争议。"她抓起外套和书包，站起来，脸色阴沉，或许我应该说"非常黑"，她的朋友已经气得脸发紫，开始在手机上打字，谁知道她会对谁说些什么。经过我旁边时，托妮低声对我发誓："我会让你付出代价的。"

"两个可爱的白人朋友。"肖恩开心地说道。

我坐在托妮的位置上，直到现在还像蜡像一样沉默着的其他几个女孩开始有了生气。

"哇哦，谢谢！"一个女孩说。

"谢我什么？"我问。

"我受不了啦！她除了八卦我们根本不认识的人以外什么都不做，对吧，马露？"

被问到的马露点点头。

"你们不是同学吗？"我还以为她们是呢。

"不，根本不是。"给我解释的这个女孩很可爱，脸圆圆的，细长的眼睛在光滑的黑色刘海下闪闪发亮，"我叫舒。我和托妮，还有马露一起参加了交际与管理培训班。"

正在吃松糕的肖恩张着嘴问："管理？为什么？"

她笑了起来，眼睛变成了两条缝："是的，确实，这听起来有些奇怪，这些都是大学里教的课程，但是学校为我们开设了一个培训班，好让我们提前了解各种职业和企业里的角色如何运作。"

"有这必要吗？"肖恩颇感兴趣，再次发问。

舒点头说："我觉得有。现在，组织和物流部门对于任何活动都是至关重要的，即使谁想从事艺术事业也是如此。"

她的朋友马露说："确实如此，没有人考虑过。"她是一个金发女孩，右耳上方的头发剃掉了一点，其余的长发垂到肩膀。"即使要举办一个简单的活动，例如在学校举行一场音乐会，也有一部分需要组织工作，艺术家们通常不做管理工作。"

"例如？"我问道，感觉到脑海中响起了"有趣的事即将发生"的声音。

"例如，确定日期，提醒大家开会，预定试音，给学校的音响师打电话，负责电气和技术设备……"

"但是这些通常都是教授要做的事情。"肖恩困惑地指出。

"是的，我们上这门课就是来代替那些被迫承担却可能不知道该怎么做的教授……"

"但是像……"我试探着，"例如一部电影？"

此时，第三个朋友也介入了，她说话的时候R的发音很弱（大舌音）："你的意思是，你在问我们应该怎么做？这取决于角色。"

"角色？"我重复了一遍，有点迷惑。

"对，没错。"舒继续说，"拍电影需要很多人。"然后她开始一一列出，从小拇指开始掰手指头数："导演、演员、摄影师……"当数到食指的时候，她停了下来："所有这些人都需要有人来组织，例如开会、分发脚本、协调各个部门……"

"部门？什么部门？"我惊讶地问。

他们三个人开怀大笑。

"不是吧，大家都知道！"马露惊呼。

舒又开始举例："有很多，化妆、场景、演员、指导部门……"

"你是怎么知道所有这些事情的？课上学的？"我问，心想或许我也得去学一下这门课，虽然会看到那个让我觉得恶心的八卦精托妮。

"不，不，不仅是课程，"大舌音姐解释道，"在课上，我们学习了如何组织工作，然后得看个人兴趣。比如，我喜欢银行的工作。"

"银行？"肖恩和我异口同声地问，我们向她的方向侧了侧身，周围太混乱，我们可能没听清楚。也许她说的是"船"①。

她重申一遍："是的，了解银行如何运作，你们觉得这很奇怪吗？"

我承认："是……有一点。"我只在家里听说过银行，从来没有深入了解过。

"真的很有趣。"

---

① 在意大利语中，船（barca）和银行（banca）发音接近。

舒又说："至于我嘛，我真的很喜欢舞台。不同部门的事情也可以在电视上看到。你知道吗？制片、导演、化妆和发型、场景……"她从小拇指重新开始数起来。

当她伸出大拇指时，我打断了她，试图用合适的词来表达意图："那么，你能给一个小制作帮忙吗？我的意思是：由少年们拍的视频。"

她把一只手放在刘海上，一副深受感动的样子："你是在问我能否成为一名制片助理吗？"

哦，真棒。我不知道这个定义，但我认为这正是像我和珍妮这样两个缺乏组织能力的小女孩所需要的，尤其是珍妮。现在我脑中的警铃已经在狂响了。我用食指指着她，大喊："制片助理！没错！你想加入吗？"

当我们离开牛奶店的时候，肖恩看起来很沮丧。他板着脸，而我却非常兴奋，我的新朋友以及未来的宝贵合作者都让我感到兴奋！

"米娅，打断一下。你还没有好好地构思这部电影，这只是珍妮的主意，而你却已经在招兵买马啦？"

"抱歉，肖恩，但是电影需要很多人。"

"谢谢，我知道！"

呃，他真烦！从把它变得正式和细致的角度，我完全理解这一点。"如果没有人来制作电影，你和一名制片助理能一起做什么？"

"我们不需要制片人，我们就是制片人……"我有点困惑，因为众所周知，我们对这方面不是很了解。

"你有预算吗？"他问，对我来说似乎有些残酷。

"没有！总之，这没有必要。我是编剧，珍妮是导演，米歇尔负责拍摄，他还会剪辑电影……"我用恼人的口气回答他，试图表现得很内行，"演员们不会有问题，每个人都想和加布里埃尔·马丁一起表演。"

"那个面瘫的娃娃脸。"肖恩讽刺地评价道。

"啊，你认识他吗？"我好奇地问。

"我知道他仅仅是因为你跟我说过他。我看了一点点《家庭律师》，但那真令人恶心！"

"嗯，还好吧！"尽管我还不知道他会扮演哪个角色，我也想捍卫我的男主角。

"为什么他会同意除了拍电影外还免费为两个陌生女孩的项目工作？"

"就是这样，"我有点生气地回答，"他已经与珍妮成为很好的朋友。他们一直在聊天。他会爱上她的。"

"没，没……"肖恩说，"但是整个事情对我而言似乎是很快就会结束的。"

我生气地重复了一遍："很快就会结束。"

"也许我错了，但是你不是从一个主题出发开始拍摄电影吗？"

现在，他也要折磨我！如果我用副词"不一定"来反驳他，这意味着我会有麻烦。

"我知道，行，你是对的。在所有这些独立的作品中，没有确切的角色，而且故事每天都差不多。但是你有角色，对吗？"

幸运的是，他在不知不觉（这是另一个好副词）中救了我。"我已经跟你说过了。我和珍妮是作者和制片人。"我忍不住说，"对不起，肖恩。你不是在吃醋吧？"

"谁？我？"他看了我一会儿，然后结结巴巴地说，"不，嗯……我是说，也许是，但这是……"

米歇尔结巴的病毒也感染了他。

## 我们考虑了很多可能出现的情形

可能是因为他感到些许内疚，也可能是因为他不想承认自己的嫉妒，肖恩改变了态度，决定支持我。即使这个想法在他看来会像他所说的那样"很快就会结束的"，总之就是可行性很低或者说根本没有，更多的是梦想或幻想，而不是具体可行的计划。

但是电影就是由梦想造就的。这当然不是我说的，这就是人们熟知的"梦工厂"，供人消遣的地方。我们在黑暗的大厅里，一起看到电影放映在屏幕上，那是一种"短暂易逝"的东西，它不是真实的，它是虚构的。令人印象深刻的是，它看起来很真实，而且无论故事多么不可能或不真实，都会引发强烈的情感。没有为《人鬼情未了》①哭过的人请举手。你们还记得吗？在这部老电影里，他是个幽灵，而她能感觉到他的存在。我12岁时第一次看，这是妈妈最喜欢的电影之一。我那时对这部电影完全是持怀疑态度的，当时，我很随意地坐在客厅里，而不是在漆黑的有大屏幕的房间里。但结果是我绝对不会相信的：我正像人们预言的那样，哭得泣不成声！

我是一个情感丰富的人，电影经常把我看哭了，即使是卡通漫画片，即使我已经不再是小孩了。你们就笑吧，冰冷的心！我和珍妮两个人分了一包纸巾，为《勇敢传说》②《船长哈洛克》③

---

① 《人鬼情未了》是一部于1990年上映的爱情奇幻电影。该影片讲述年轻的银行职员萨姆与未婚妻美莉相爱至深，而在一次看戏归来时，遭到歹徒的抢劫，萨姆中枪身亡，美莉悲痛欲绝，从此萨姆变成一个幽灵。他发现朋友卡尔竟然是导致他死亡的幕后策划——为了窃取银行里的巨款，卡尔想要获得萨姆所掌握的密码，又对美莉展开追求。

② 《勇敢传说》是一部冒险、喜剧类型的动画电影。影片以中世纪的苏格兰为舞台，讲述主人公梅莉达抗争传统束缚，为争取自己获得真爱的权利，从而改变自己命运的故事。

③ 《船长哈洛克》是一部科幻、冒险类型的动画电影。影片讲述了主人公哈洛克告别陈腐的地球，乘上宇宙战舰"阿尔卡迪亚号"去宇宙中战斗，进而揭发了被地球联邦政府掩盖在黑暗之下真相的故事。

号啕大哭，最近为《小王子》①流泪。

我不是在开列让我流下滚烫泪水的影片清单。有时，即使是在电影中，毫无疑问地也会出现这种场景：比如，两位主角痛苦万分地分离，或者主人公读到了数十年前去世的母亲的信，或者冒出来了一个主角不曾知道存在的妹妹……于是，泪泉的闸门就会被打开。

电影故事情节瞬息万变，偏巧人的情绪也是如此。电影能靠虚幻的镜头调动人们多变的情感和想象力，引得他们啜泣、颤抖、流汗或抽搐，进入到一个虚幻的世界。

嘿！电影正在让我变成一个"哲学家"！甚至还有引用哟——莎士比亚说过："我们由梦的元素构成。"不过，这并不是说我特别有文化，这只是印在我哥哥T恤上的名句而已。

无论如何，到了这个份上，肖恩也承诺会帮助我们。幸运的是，他在学校、体育界、他撰稿的杂志以及他的朋友圈里认识很多人，我还真不知道他在英国认识几千个朋友。说实话，他有那么多要做的事，我甚至不知道他什么时候有空写作，除此以外，上网也占据了他很大一部分时间……而我最多只会在照片上发表

---

① 《小王子》是法国于2015年出品的奇幻动画电影，由马克·奥斯本执导。该片改编自安东尼·德·圣-埃克苏佩里创作的同名文学作品，讲述了一个小女孩偶然与年老的飞行员相识，并根据他回忆的指引开启了探索小王子世界的旅程。

一些评论，那也只是时不时地，在偶尔想起来的时候。

肖恩立刻想到保罗·贝尔第，他们是在学校剧团演《威尼斯商人》（莎士比亚的作品，剧团总是演他的作品）时认识的，贝尔第采访过导演、演员，而且还是个布景设计师……我认为他也对肖恩有一定的了解，因为肖恩在脸书[①]上给他发信息的时候，他立即这样回复：肖恩？哇哦。

你们觉得发信息给一个几百年未见或联系的人，只是为了获取信息，他会立刻用"哇哦"来回复你们吗？

"这个'哇哦'是什么意思？"我笑着问。

肖恩轻描淡写地回答说："没什么意思，保罗夸大了。"

"夸大？"我问他，试着翻译它，"就是夸张的意思吗？"

肖恩微笑："一点点，但是他很可爱，你会知道的。"

"哇哦。"我讽刺地说。

肖恩笑着，疯狂地用双手在手机上打字。然后，我也笑了，被一个从未听说过但很乐于助人的家伙突然引起的谈话乐趣所感染。肖恩的魅力非常大，他可以跟所有人交朋友。

"你在发什么？"我追问道。

他读出了自己发送的信息："如果你知道有谁可以帮我们找电影项目的年轻布景师和服装师的话……"

---

① 脸书即脸谱网，英文名Facebook，是美国的一家社交网络服务公司，由马克·扎克伯格等人于2004年2月4日创立。

保罗·贝尔第更简洁：找我。他回答。

我现在粘在肖恩身上，脸贴着脸看他们的对话。

肖恩：这是孩子们制作的非常小的作品，一个短片。

贝尔第：你做演员，还是做导演？

肖恩：故事由我女友编写，由我们的一位朋友珍妮导演。我们有一名摄影师和一名制片助理。

贝尔第保持沉默。

主角将是加布里埃尔·马丁，肖恩皱着眉头打字，因为他讨厌他，即使仅仅是写下可怜又无辜的加布里埃尔的名字。

但是，贝尔第看到这个名字就又复活了：干得漂亮！

肖恩：那你能帮我们吗？

贝尔第：当然。明天来找我，我们聊一下。我在实验室等你。

"明天？"我惊呼，"哇哦，太给力啦！"

肖恩：我要和米娅、珍妮一起去，她们会给你讲解她们的计划。他明智地回答。因为珍妮和我才是创作者，他能和贝尔第谈什么？

贝尔第：我等你们。然后又补充道：下午五点，因为我得先上一堂课。

肖恩和我交换了一个喜悦之吻。


第二天，五点差一刻时，我们便已经到保罗·贝尔第的实验室前了。这像是一个郊区的仓库式建筑，到外都是厂房、商店和批发商。

"你们确定这个著名的布景师就在这里吗？"珍妮刚才在电车上困惑地询问，窗外的建筑物被高速公路、加油站和工业仓库入口的标志所代替。

"地址就是这儿，我也在谷歌地图上查过了。"肖恩又说了一遍，他也晕头转向的。

实际上，在这个让人疑惑的建筑物前，大门旁边就有个门牌，上面写着：保罗·贝尔第，布景设计师。所以……

五点整，我们按了门铃。没有听到铃声，珍妮又开始折磨自己的头发，疯了一样在原地转来转去："我觉得这里没有人。门铃坏了。更何况这是仓库！怎么能成为工作室？"

但是过了一会儿，门开了，一个年轻男人出现了，个子不是很高，高领毛衣和黑色牛仔裤让他看上去很瘦弱。他是个光头，戴着一副黑色大框眼镜，还叠加着一副护目镜。看到我们，脸上立刻露出温暖的微笑，眼睛在镜片后面显得非常激动，热情地欢迎我们："来啦！你们很守时！进来，亲爱的朋友们，进来！"

迈过门槛，里面是一个明亮的巨大空间。"你是……"与此同时，贝尔第指着我问。

"米娅。贝尔第先生，下午好。"我向他伸出手，他亲切地紧紧握住我的手。然后他又和珍妮握手并自我介绍。至于肖恩，他们像老朋友一样拥抱在一起。

之后，布景师挥舞着手臂环顾四周："那么，伙计们，让我们马上开始吧。我是保罗，跟我用'你'相称就好，好吗？不要让我觉得自己很老！"

"当然，老师……"珍妮回答，但她立即纠正了自己，"保罗。"

"毕竟，我也是学徒。"他向我们坦言。他的眼睛仍然闪闪发光，我注意到他眼睛是漂亮的水绿色，非常明亮。也许是受从斜窗上落下的强光所影响？

"你在说什么，保罗？"肖恩惊呼。肖恩打断他时，他正要补充一些东西："嗯，尽管现在我终于拥有了这片小天地，但未来的路还很长。我还在这里组织了一些研讨会，其中一场在半小时前刚刚结束。"

在他带领我们进入棚子时，我们好奇地环顾四周。

他解释说："这原本是一家制衣工厂。不是很大，但是对我来说这样就很好了。有足够的空间放材料，让我可以更有信心地开发项目。"

不是很大？对我来说已经非常大了！我们在实验室中看到一些小模型、塑料制品、画，甚至还有真人大小的黏土雕像。

"我选择它是看中了它的采光条件，自然光难道不是很好吗？"保罗指给我们看。正巧我们走到右侧的拐角处，那儿有一个浅色柜台、一个有许多小门的柜子和一些高脚凳，像是一个酒吧。保罗示意我们坐下，若有所思地问："你们要喝点茶还是美式咖啡？"

"茶就很好。"珍妮和我几乎异口同声地说，相视而笑。

保罗在摆放不锈钢水壶的柜台上忙碌着，打开一个柜子——原来是一个小储藏柜，里面有杯子、盘子和一些玻璃容器，还有各种包装袋，有些上面印着外文，看着像是阿拉伯文或中文。

"一个餐具柜？"肖恩问，他是我们中间最放松的人。

"对，你喜欢吗？我是用模型做的……猜猜是什么？"

肖恩自信地回答："厨房储藏柜。"

我非常高兴。我算是个小地方人，每次听到我的男朋友说母语我就很兴奋，不过，我觉得他改变了语调，听起来更加性感！我发现保罗和我有相同的感受。

"没错！"他很高兴，"就是一个美式食品储藏柜，这样所有东西都能一目了然，并且还井井有条：我的小储藏柜里摆着一些休息时吃的食物，当然还有一些便餐。我煮了面条和蔬菜。对啦，你们喜欢吃吗？"

我们，也就是珍妮和我，我俩有点胆怯。保罗非常友善和蔼，但他的确是一名真正的布景师，是一位职业画家。搁在画架上的画、各种尺寸的木制模型、未完成的动物或人类的雕像起草图，我被这些东西惊呆了。

"很抱歉打扰您了……"珍妮小声说，好像看懂了我的心思。

"不，亲爱的！你们没有打扰我，这对我来说是一种极大的荣幸。你们知道吗？我一想到两个想拍电影的小女孩，就很感动，小姑娘想着来做一个艺术项目而不是想着买衣服或者谈恋爱，这很不容易！"

珍妮和我交换了一个高兴的眼神，但也有些恼火。我知道我们在想同样的事情：小姑娘？我们15岁了。举一个我很了解的例子，这个年纪，简·奥斯汀①已经写下了她的第一本小说。我清清嗓子，然后说："抱歉，如果我接下来告诉您，我不希望有任何误会……"

保罗打断了我，双手合十并流露出恳求的神色："求你啦。跟我以你相称。"

"啊，是的，对不起。"我纠正自己，与此同时，也有点泄气了。"是这样，保罗……我们想做一个小项目，"我仔细斟酌用词，"一个短片。"

"我知道。"他点点头，眼睛仍然闪闪发光。

---

① 简·奥斯汀（Jane Austen，1775—1817），英国著名女小说家。奥斯汀的小说出现在19世纪初叶，一扫风靡一时的假浪漫主义潮流，继承和发展了英国18世纪优秀的现实主义传统，为19世纪现实主义小说的高潮做了准备。其主要作品有《傲慢与偏见》《理智与情感》等。

"而且……好吧……没有钱，我们无法付给你钱。"我不好意思地总结道。

"我知道。"他笑了，没有拐弯抹角。

珍妮小声补充说："所以也许你可以指派一个学生。"

保罗关掉水壶的哨响声："实际上我在考虑我的一个学生……"

我们三个人交换了一下眼神，松了一口气。

同时，保罗将沸水倒入一个大茶壶中："……化妆方面的，甚至要考虑做发型，因为这也需要化妆师，对吗？"

"但是……我不清楚，"珍妮说，她终于可以控制自己的声音，"我是说，对不起，老师……抱歉，保罗，但是我们想拍一部普通的电影，也许不需假发，甚至不需要化妆。"

保罗微笑着摇了摇头。"普通的电影是什么意思？"他问。幸运的是，他自己回答了，这不是提问！"没有什么是普通的，一切都是假的，甚至头发也是。你们怎么看？假发总是有用，没有什么比制造普通的脸更困难的了。灯光制造的特效让肤色发黄或发绿，怪假的。"

"是，但是我们不会在演播室拍摄，我们会在真实的环境中拍摄一个简单自然的故事……"我小心翼翼地插话道，因为——你不觉得吗——保罗的下一个问题，自然而然就是："什么样的电影？故事是什么样的？"

我怀疑让他抓住了我和珍妮都忽略了的问题，而且在他脑海里已经形成一种想法。我可以回避像故事这样的关键性问题，借口说故事还在进一步构思之中，我不想谈论它，但是保罗一点也不被我的沉默所困扰。相反，他大力点头，肯定地说："我了解，迟点再谈还在设计阶段的项目是对的。创意是最重要的！"

认真的吗？在我看来，这似乎是最令人困惑的，但是如果他说自己是一名艺术家，我相信他，甚至感觉很轻松！然而他不再浪费更多时间，甚至不过问我们，就打电话给学生希拉，让她参与这部短片的制作："我的两个非常可爱的朋友，是两个聪明的女孩，你们会相处得很好……"

就这样，化妆师也聘好了。如果说还不够的话，保罗担心的还有技术方面。我们对电脑迷米歇尔充满信心，告诉他已经有一位摄影师可以剪辑影片，但他坚持问："那音响呢？"

"米歇尔会负责的，他有电视演播室的设备！"珍妮说。

但是保罗摇了摇头："不，不，摄影师不能啥都干！一般来说，需要一个摄影团队，而且他们只能专注于镜头。"

此时，珍妮抗议："但是我们的电影很简单！它就持续几分钟，不需要所有这些……"

"亲爱的，你的谦虚让我感动！"保罗打断了她，"我最近拍摄的是一个只有两分钟的广告……"他竖起食指和中指来强调仅仅只有两分钟，"可摄制团队却由二十个人组成！"这时，他又伸出另一只手，两次将双手打开又合上，重复道："我是说二十个人，并不是拍大片啊！但是，你知道吗？客户想要请一位好莱坞女明星，结果她带来了自己的化妆师、摄影师，还有翻译。除了导演、制片人、经纪人和助理外，还有两名导演助理、几名操作员……甚至还有负责大明星饮食的营养师和私人厨师。她只吃经丹麦大厨严格烹饪的纯素食。"

我们张着嘴听。珍妮和我交换了一下眼神，她大叫："我根本不喜欢素食主义者！"

我们在讨论一个令人满意的故事。

"我不知道我是否还想拍这部电影。"珍妮沮丧地宣布，身体好像也泄了气。

"你在说什么？这是一个好主意，我们大家都积极地参与。"肖恩热情地鼓励她。

但是她并没有被他的乐观所感染，相反，还越来越沮丧，以一种平淡的语气说："是的，但是现在只有这个想法，没有故事，没有文本。我们要拍什么电影？我甚至不知道我是谁、我应该是谁，导演！"

我一边埋头研究我的指甲（我指甲情况不好，应该立即去看医生），一边做出愧疚的表情。然后我反应过来。她主观臆想着我不配合，不想创作一个有深度的故事。但让我平白无故地挨一顿数落，这让我无法忍受。难道很着急吗？现在，我会解决这些事的！"你们不就想要一个故事吗？看，这就是：有一个女孩想当演员，她必须参加试镜，但是在前往剧院的路上，她遇到各种各样的事情，险些不能按时到场。"

"那怎么结束呢？"珍妮挺直身子问。她从下往上看着我的样子，跟我的狗看我吃冰淇淋时的表情一模一样。

肖恩和我站在她的面前。肖恩一只手握着扶手，另一只手搭在我的肩膀上，尽管我正在进行危险的即兴创作，但靠在他身边还是让我得到了安全感。

我含糊地回答："最后要进行试镜，然后被录取了。"

"但是没有帮助她的人吗？一个她爱的人？"珍妮坚持问。

"好吧，有一个男孩，他也是一个演员，可以帮她扮演好角色。"我干涩地回答。

肖恩无语，挠了挠脸，流露出尴尬的神情。要知道我是在当场即兴创作。

珍妮像是在沉思："这个角色是加布里埃尔的，但这是配角。我向他保证过，一定让他扮演主角。"

"好吧，很简单，只需调转角色即可。"我迅速回答，"加布里埃尔去试镜，结果发生了很多事，然后他遇到了一个帮助他的女孩，两人擦出了火花，最终他得到了那个角色以及那个女孩的爱。"

"好一点了，嗯，我觉得这能行得通。"珍妮得到了启发，重新打起了精神，"你不这么认为吗，肖恩？"

他的眼睛看向窗外，仿佛在寻找灵感。他选择了外交式的回答："嗯，这样可能可行。虽然我们有三分钟的时间来经历所有事情，但'所有事情'现在都还不清晰。也就是说，可能是外星人的到来，就像被自行车撞倒一样。"

"外星人？你真能想象啊！"我轻轻地拍了拍他的胸膛，忍不住笑了出来。

他看着我，笑道："为什么不可以？可能会很有趣。"

"只有在某个地方安排一个外星人出场，才能让你开心！"我调皮地责怪他，笑着接了个吻。

"你们还有完没完？我的意思是，对不起，你们不能等到只剩你们俩时再腻歪吗？"珍妮抗议。

"我们正在努力专注于这个故事！"肖恩激动地大叫。

"哦，是吗？在我看来，你们现在迫不及待地想逃跑，然后专注于其他事情！"她又郁闷了。

我插话道："不是的，来吧，珍，让我们继续头脑风暴……"

"对……头脑风暴，现在叫这个……"她嘟囔着。

"我们可以设定一个更简单的情节，例如：他出门遇到了一个朋友请他喝东西……"我的提议总是很随意。

"你明白吗？邀请当然不能成为耽误试镜的理由。他可以说：'谢谢你，很抱歉，但我有很重要的事情要做。'"珍妮结束对话，再次感到不悦。

"那么，可能是加布里埃尔遇到一群要去体育场的朋友，他们身上都披着国旗，硬拖着他一起走！"肖恩边说边把手从我的肩膀挪到了腰上。

突然之间，我的眼前便浮现出这样的场景！就是说，我想象出一个男孩被一群乱叫的球迷抓着：他们拿着喇叭和旗帜，他根本无法逃出他们的包围圈。因为他也是球迷，所以他也跟着开始唱体育场颂歌，过了一阵子才摆脱这群人的"挟持"重新回到他自己的路上。

"对！这是一个很好的想法！"我评论说，然后亲吻了肖恩。接着，我迅速从挎包里拿出笔记本——写作老师推荐的要随身携带的笔记本——因为，要知道，这些灵感是我们在电车上形成的，就像我现在正体验的，也许是被朋友刺激了一下，可能是在兴奋的氛围中闪现的。

"或者有人要他帮忙照顾他的狗然后就走掉了，怎么样？"珍妮大胆设想，情绪又好了起来。

"帮他照顾狗，为什么？"肖恩感到好奇，他很现实。

"我不知道，你想一下那些必须去药房但是狗不能进去的情况，所以他问一个人……"珍妮继续。

我说："我宁愿不去药房，也永远不会把我的狗留给一个陌生人。"我想到可怜的罗比，它可能是狗中的天使，可以和任何狗拴在一起。

"这和你有什么关系？这不是真实情况！"珍妮对我生气发火。

"但是它必须是可信的。体育场的那个故事是可笑的。如果你想夸张，可以，但得是可信的。把狗留给陌生人是非常残忍的，任何养狗的人听了都会气得颤抖。"我指出。

"所以没有狗吗？"她很失望地问。

肖恩提议说："他可能正在追一个要逃走的人。"

我想到一个更简单、更平淡无奇的情况："或者他坐电车的时候搞错了方向，耽误了时间……"

"或者搞错了剧院，这种事肯定会发生在我身上：他去了一个关着门的地方，看门人告诉他那里什么也没有。"

"让他受到了打击！"我笑了，"对，即使这样也不错，它确实发生了！然后出现了焦虑……"

"无论如何，这样就要在户外拍摄很多东西，你们不觉得吗？"肖恩意识到。

我们都看着他，露出失望的神情。

"事实上，保罗建议我们在一个封闭的房间里取景，这样更易于管理。"我记得，当时我翻开笔记，精确地记下了这个建议：封闭的房间，唯一的内部环境，演员只在其中活动。一个简单、有效、可控的解决方案。"最好还是换个故事。"我宣布，我有点恼火，因为它确实比我想象的要复杂。抛开这些限制条件，写一个短故事很容易，可以让角色去到任何他想去的地方，而不必担心外部和内部的环境、可实现的和不能实现的因素。而且无须交通工具和实际行程，更用不着大量资金来布置整个场景，哪怕只是简单地在摄影棚里构建的场景！

"但是我喜欢演员去试镜的这个想法！这是里面最适合加布里埃尔的……我已经发消息告诉他了！"珍妮坦白了。

这就是她全速打字记下的东西！我还以为她在记事本上做笔记。我愤怒地冲了出来："你已经发给他了吗？但这只是一个草稿！你就不能等等吗？"

"但加布里在等，他已经非常有耐心了！"珍妮气愤地回应我，"我们已经找到了！故事就是这个，稍微调整一下就足够了。内部场景而不是外部，需要做什么？"

"但是如果我们选择封闭的房间，那么一群人去体育场的好主意是行不通的！"我打断她，努力控制愤怒的情绪。

这时，肖恩插嘴进来，想平复我们过度激动的情绪："对我来说，女孩或男孩去试镜被聘为演员的构思是很普通，但定位在剧院中就会变得很有趣，它会提供许多可能性。"

"像《歌剧魅影》[①]吗？"我问他，这让我想起了这个音

---

① 《歌剧魅影》（*The Phantom of the Opera*），又译为《剧院魅影》或《歌剧院幽灵》，是音乐剧大师安德鲁·劳埃德·韦伯的代表作之一，以精彩的音乐、浪漫的剧情、完美的舞蹈，成为音乐剧中永恒的佳作。它改编自法国作家加斯东·路易·阿尔弗雷德·勒鲁的同名哥特式爱情小说。

乐剧。

"是的，这就是我的想法。很好玩，不是吗？剧院里的幽灵，爱上了歌手……"

"这个故事很美，我们可以做一个类似的故事！"珍妮已经准备好采用这个新主意了。

我讽刺地说："我认为，应该将剧院转换成购物中心，这样一来幽灵就不再知道舞台和观众在哪里……"

"不，别这样！"珍妮近乎恳求地打断了我，"不要让被问题困扰的人感到难过。"

"那么，回到我的试镜构思，你们知道我会设计什么情节吗？经过一系列的试镜之后，这个家伙来了，他是一位出色的演员，表现很完美，但最终人们发现他是一个幽灵，借用《歌剧魅影》中的故事。你们怎么看？"

"人们怎么发现的？"肖恩问，他刨根问底。

我想了想，说："他一离开剧院就消失了，因为他只存在于剧院里。"

"啊，这很好，还很有意义！戏剧的精神只存在于舞台中。"肖恩说。

但是珍妮不相信："好？我觉得很悲伤。那……那个女孩，她后来怎么样了？"

我说："我得再想想。"

幸运的是，伴随着珍妮的呼喊，到了我和肖恩下车的站点：
"今晚给我打电话！"

我得继续努力，但是我意识到我独自一人是做不到的。肖恩和珍妮在这幅故事速写中做出了宝贵贡献。他们不仅使我摆脱了模糊的叙事概念，而且提出了很多想法，甚至引证。

对我来说，灵活应对电影剧本是很复杂的事情，因为我一直都在写故事或文章，甚至写了一本小说……但按照简·奥斯汀的说法，叙事形式可以发生变化，但不能离题，也不用刻意营造氛围，必须抓住实质，专注于一个有力的想法，将关注点放在环境和对话上。我一个人做不了，也不能去敲一些编剧的门。我与肖恩不同，他能直接带我们找到一位有才华的艺术家，可我不认识任何人，而且我不觉得一个专业人士愿意为两个异想天开想制作短片的女孩子写一部电影剧本，但我们现在已经不能回头了，因为已经招揽了太多人参与其中，甚至有像加布里埃尔和保罗这样有名的人。

另外，两个漫不经心的女孩中至少有一个会招致她最好朋友的失望，这会破坏她的信任……因此，处于问题中心的我并不打算一开始就放弃：我开玩笑呢，我在电车上就把那个故事大致勾勒出来了，就是让你们备感折磨的时候。

我不记得我在哪里看到过或者谁跟我说起过，但这个美丽的句子浮现在我的脑海：你们说话，然后灵魂就会通过你们说话。

也许就是这样，现在，我的灵魂已经重新归位，我向肖恩寻求帮助："你想和我一起写剧本吗？"

这个问题并不使他感到惊讶，也许他有点期待，也许他早就想加入了。

"是的，来吧，我们试试，亲爱的。我喜欢这个主意：加布里埃尔是个幽灵。"他带着满腔热情和我说话，温暖了我的心。我不再感到恐惧、尴尬或者无力。我觉得我们会一起完成一部伟大的小电影。

## 寻找音响师

但是，并非一切都很顺利。

第二天下午，珍妮给我发了一条绝望的短信——紧急：需要一个Fon①！

她用大写加粗的字体标注，还用了好多感叹号。

我回复她：我可以把我的借给你。想着她可能弄坏了电极板，需要吹风机。

她回道：我的？谁？

我给她解释：我的吹风机能正常工作。

---

① （理发用的）吹风机是fon，而珍妮想要的是fonico，意思是音响师。

她又给我发：该死的自动校正。音响师。我们需要一名音响师。

我：为什么？我们又不举办音乐会。

珍妮：别开玩笑了。需要有人来负责音响。

我：不是米歇尔负责吗？摄像机自带麦克风，不是吗？

不！她的回答非常简洁。

然后她决定给我打电话，焦急地一个劲冲我说："嗯，对，它是自带的，但好像收音效果不太好，因为它会录进所有的声音，我们需要去掉里面的杂音，只留下演员清楚的声音；然后还需要有人考虑配乐……"

我耐心地打断了她："我们最后才需要考虑配乐，不是吗？在剪辑电影的时候。"

"但是你看……"她哼了一声，"你觉得要怎么营造气氛？"

我想了一会儿："气氛，比如？"

珍妮越来越激动，她的紧张甚至都要从手机的麦克风里流出来了，如果她再这样下去，我的手机都要短路了。"你知道那些抑扬顿挫的音乐制造出的恐惧或焦虑感会让气氛得到升华吗？"

"我知道。但是，不就是播放录制好的音乐吗？我们在剧院里，当演员表演的时候，我们放背景音乐……"

这时候，她大喊："不，不！这个主意糟透了。你看一下剧院里场景的镜头：太糟糕了。配乐必须在另一个地方录制和编辑……哎，我都要犯精神病了。"

"嗯，我感觉到了。"

"现在看来我们把所有的部分都准备好了……还有，我们有了一个完美的故事！加布里埃尔非常喜欢它！"她大声尖叫。

"天哪，你在哪儿啊？"我问她，因为我听到她那边有救护车的声音。她要直接去医院住院吗？

"我去找你，会打扰你吗？你忙吗？"

我想跟她说：不，瞧你说的，只有明天要交的一大堆作业而已。但是友谊是神圣的，而且这是非常微妙的时候：我不能让珍妮精神崩溃，最后进精神病院。还有，她是对的：即使手机的麦克风压在脸上都能接收到所有声音，那就更不用说放得更远的摄像机了。

总之，珍妮可怜兮兮地来找我了。她非常激动，眼睛几乎要从眼眶里掉出来了。还好，她戴的眼镜遮住了她那有点疯狂又有点呆滞的眼神。她披头散发，呻吟着倒在沙发上，头发好像因为焦虑都带了电。

珍妮刚把自己狠狠地摔在沙发上，我家的小天才罗比就出现在门口，好奇地盯着她，小心翼翼地靠近，带着它懒洋洋的眼神和略带嘲讽的神秘微笑（不知道你们知不知道拉布拉多是一种会笑的狗）。它摇摇尾巴，想让她振作起来，但不敢跳到她身边，它也意识到这一刻确实很关键。我知道我有一条特别的狗，如果它能上大学，一定会获得医学甚至心理学学位，因为它非常懂事，又很专注，擅长倾听，也很会安慰人。

珍妮看向它，用绝望的语气和它打招呼："嗨，罗比！"她伸出手摸了摸它，然后……她冷静了！你们看，这就是罗比在每个人身上发挥的无与伦比的作用：任何人只要把手放在它毛茸茸的脖子上，就会立即感到一种平和与温暖，这种感觉从埋在厚厚的绒毛里的手传到整个身体，直至头脑。罗比很擅长这种宠物疗法（不是开玩笑，在一些医院，尤其是儿科医院，这种做法很普遍）。珍妮在罗比沉默而耐心的理解下，活了过来。

"米娅，我想拍这部电影，但是我觉得每次都横生出枝节。"

"我不知道。也许这件事实际上没有我们当初想象的那么容易。但是为什么要放大问题呢？"

"因为米歇尔在不断地给我提问题！我不想告诉你这些事情，怕你会生气，但是……"她沉默了，紧紧地抱住旁边的罗比。

罗比轻叹一声，把它的大脑袋轻轻放在珍妮的肩膀上，好像在说："嗯，我理解你。我太理解你了！"

"你知道吗？我之前想过，我觉得他爱上你了，那家伙有点阴险。他充分利用加入团队的优势，找到了一个很好的借口给你打电话，和你聊天，还能见到你。"

"你就别提了！我们只在学校见面，但我拒绝当着全班同学的面跟他闲聊。你知道我都给人留下什么样的好印象吗？现在八卦已经传开了，更不用说被她们抓到我和他聊天了！"她的语气变得更加坚定，充满斗志。珍妮再次找回了她自己。

"八卦？哪种八卦？"我问她。

她打了个喷嚏，抬起手做了个无法容忍的手势："有人在周围散布荒唐的谣言，还好，我从一个朋友那里知道了这件事，然后我把它扼杀了。"

"你说的那个散布谣言的人不会就是那个一头褐发戴着大眼镜的吧，她叫……"当我正在想她叫什么名字时，珍妮也开口了，最后我们异口同声说出来："托妮！"

之后，我们大笑起来。并没有什么特别的事情值得我们这样大笑，但一方面我们放松了情绪，另一方面则是为我们经常这样完美的合拍而大笑。

"我告诉过你我和肖恩在牛奶店发生的事情吗？"

"不，你已经一百万年没有告诉我任何事情了。发生了什么事？"

"我一门心思构思电影剧本，把这事给忘了。我现在告诉你。她本来让我付钱的，明白吗？她威胁我！"

珍妮张开嘴："付钱？为什么？"

我给她讲了牛奶店里发生的事情，她捧腹大笑："天哪，我当时为什么不在那里？真希望我当时在场！那两个八卦精，太适合他了！"

我说过的，罗比有个聪明的脑袋，它知道它的治疗使命已经完成就走开了，微微晃了晃脑袋，将头靠在前腿，趴在地毯上。

"无论如何，我们要远离她们。她们脑袋里都没装着什么好事。"我总结道。

"但是她们还是一无所知，她们能密谋什么？关于我和米歇尔的谣言，她们做了件蠢事。因为所有人都知道我最近要和谁约会……"

"所有人都知道谁？加布里埃尔？"我吓了一跳，问道，"但是，珍妮……你们没有真正在一起……"

她耸了耸肩："对啊，但是他给我发了自拍照，给我发了微信……我的小伙伴们都震惊了，其中有一个差点在我面前哭出来，她对我说：'你就是那个马丁女孩，我简直不敢相信！'她还要我给她签名！"

我对此保持沉默，觉得有点困惑。

"怎么了，米娅？别人知道我认识加布里埃尔给你带来麻烦了吗？"珍妮很迷茫。

"也不是，我只是担心。毕竟有那两个嫉妒又恶毒的家伙……而且，你必须声明你不是他的女朋友。谁知道会闹出什么事来！"

"我早就声明了。我说了：'我们只是亲密的朋友。'"

"就这样吧！"我再次大笑，我们之间的默契又回来了。

"没错！就这样吧：正常人按照字面上的意思去理解，而八卦的人就会用另一种方式去解释。"

"但是你知道你真的很马基雅弗利主义者①吗？"我说。

"怎么说？"

"就是说……"我试图寻找一个定义，"狡猾的计算器。"

"但是你是怎么想到这些形容词的呢？"她感到惊讶，随后立即警告我，"你不会把它们放到我们的电影中的，对吗？"

"不，不会，不用担心！"我笑了，"这个词源自文艺复兴时期的政治家马基雅弗利。这和电影无关。"

"真是的，米娅，你能不能不要做百科全书了，至少别跟我聊这个。"

"好吧，我不说了。"

"怎么，这个马基雅弗利很出名？"

"有一点吧。"我还是含糊地回答她。我换了个话题，聊起一个现在不再让珍妮感到害怕的事儿："如果是找音响师，我们要去Vox吗？"

"什么是Vox？"

"排练室，我哥哥在那儿排练。"

"他们不是要付钱吗？而我们没有预算。"她沉思着，现在

---

① 马基雅弗利（Machiavelli，1469—1527），意大利政治家和历史学家。他以主张为达目的可以不择手段而著称于世，马基雅弗利主义也因此成为权术和谋略的代名词。

她已经是这方面的专家，却又为此苦恼起来。

"我们照样还是可以试试。贝尔尼把那里当成自己家，他们经常让他在那儿免费演奏。我们去找弗朗克，和他谈谈。"

弗朗克用英语称自己为弗朗基。他喜欢怀旧摇滚，头发浓密，涂了发油，在头顶上形成一个圆锥形的造型。他几乎总是戴着一副黑框眼镜，穿一身全黑的衣服，搭配黑白两色的系带皮鞋。总之，他装得像个人物。

"哇，这是谁啊！来吧，小米娅，快过来！"他开始了，把腿从空无一物的桌子上移开（他应该把它当成了有用的脚凳），扬起胳膊，站起身来。简而言之，就像我哥自诩是摇滚乐手时所说的那样，这已经算是他对贝尔尼的妹妹的盛大欢迎仪式了。

"那伟大的贝尔尼，他怎么样？"弗朗克问询着，说得很夸张。

我记得他和贝尔尼见面都是互相点头致意。"挺好的。"

"学到什么程度了？快要当博士了吗？"

"还有一年就毕业了。"

"太棒了。我说过他有个聪明的脑袋。"

弗朗基在说什么呢？他和我哥从未谈论过任何事情。他俩一个一直在和他的乐队演奏，另一个一直在调音台。也许是我错了，因为我那时候还是个孩子，但那次贝尔尼在我的坚持下带我去排练室，我看到的情况就是这样。而且因为他们相处都很自然，所以我认为这就是他们说的常态：彼此简单交换一下问候，然后就进行排练，排练结束，就是"谢谢"和"下次见"。

"那么，我能为伯尔涅的小妹妹做什么？"他就是这样发音的：伯尔涅。"不过，你现在已经长大了不少，所以叫小妹妹似乎有点冒犯……"

"但我喜欢，我一直是我哥哥的小妹妹，甚至，我喜欢他这么叫我。"我知道弗朗基想到哪儿去了，就如此回答。他还想撩拨我吗？对我来说他岁数太大了！

"如你所愿。伟大的伯尔涅！"他话题又转回来了。

"弗朗基，我们拍视频需要一名音响师。"

他将墨镜拉到鼻尖上，看了我一会儿，然后笑了，轻轻地拍了拍我的肩膀："小米娅！和伟大的伯尔涅一样伟大！"

珍妮给了我一个饱含深意的眼神。她刚才一直保持沉默，但现在她翻了个白眼。我知道她想说什么：这个不断重复"伟大"的傻子是谁？要有耐心，二十多岁的老人都是这样说话的。

"你真的想拍一个视频？"

"不是视频，"珍妮说，"是一个短片。"

弗朗基瞪着我的朋友，傻眼了："真的吗？一个什么样的短片？就是说真的是一部电影喽？"

如果我们继续听他讲话，天都要黑了。

"是的。听着，弗朗基，这是一次学校的练习。准确地说，我们要拍一个精致的短片，懂吗？为此，我们找到了摄影师、演员，但还需要一名音响师。"

他压低下巴从眼镜上方凝视着我们，表情呆滞，仿佛我在说阿拉米语①。

"弗朗基……领会要点了吗？"我说，使用了我哥哥老套的说话方式。

实际上，这些话让他回过神来。他点了点头，重新调整好眼镜："明白，好，知道了。一个学校要求拍摄的短片。现如今学校已经变了，呵呵。我上学那会儿，学到的都是一些没用的东西，比如语法，还有其他东西。"

我告诉他："现在学校里也还是教那些东西，不过也有创意工作坊。"

他说："明白。"他不会不知道这么明显的道理，但最终他

---

① 阿拉米语（中文又译为亚兰语、阿兰语、阿拉姆语、阿拉美语）是阿拉米人的语言，也是《圣经·旧约》后期书写时所用的语言，并且被认为是耶稣基督时代犹太人的日常用语。它属于闪米特语系，与希伯来语和阿拉伯语相近。

还是给了我想要的答案。"米莫可以。"他若有所思地说。

"米莫？"我向他确认，因为我觉得弗朗基反应有点慢。

"是的，小米莫。我觉得你俩差不多大。"他的回答还是像在空中晃荡的绳子一样。

"他是一名音响师吗？"珍妮问，她也很不安。

弗朗基含糊地说："他是我的学生。他学习电子音乐，也和我们一起上过舞台，大型、小型和混合型乐器都玩得很好。他很棒，呵呵。"

"我可以联系他吗？他的名字真的叫米莫吗？"我急忙问。

"对，米莫。我给你电话号码，我应该把它放在……稍等……"然后他用语音指令查找这个人的电话号码。好在人们发明了语音指令，不然的话，像弗朗基这样的人怕是会在通信之海中淹死。

## 给团队起个名字

至此，一切基本就绪了。

我们有导演、编剧、制片助理、布景设计师、服装师、化妆师、摄影师、剪辑师、音响师和主演。

简而言之，我们组建了一个虽小但可靠的制作团队来开展我们的工作……与其称之为摄影事业，不如叫作一次冒险。当然，我们还没有考虑过团队名称。因此，我们头脑风暴，试图找到一个能代表我们的名字。

"J＆M制作怎么样？"珍妮说。

"很可爱，但是太美式了，甚至有点夸张，你不觉得吗？制作！不如叫设计。"

"J＆M设计，我喜欢。"她已经被说服了。

但是我摇了摇头："嗯，听起来像H＆M这样的品牌。"

"你不能只是否定，你得提出更多有创造性的建议！"她嗔怪道。

她说得对，我努力想了想，但收获很少。"我不知道，能代表我们的东西……"说到这儿，"一个带花的名字，比如银莲花。"

珍妮的嘴角耷拉下来："银莲花？我们可没这么热爱自然！"

"我想说的是，一朵花，像雏菊、银莲花、郁金香……这类标志很可爱，很容易被人们记住。"

"不要，太庸俗了，幼稚。"她边说边用手扯开空气，好像在抹掉这个建议，"我们俩的名字更好一点，它们很特别，不是吗？实际上，我叫珍妮弗，你叫玛丽亚·维罗妮卡，我们在电影里的艺名是珍和米娅！等等，你干吗呢？"

我边在手机上搜索边回答："我看看制片厂的名称。"

"给我看看……"她一下跳到我旁边，脸贴着我的脸，盯着屏幕，"嗯，哥伦比亚，环球影业，二十世纪电影……但它们都是美国巨头！"她大喊，已经走上了最近经常发作的神经衰弱之路。

"来吧，就是找点灵感……"我指着列表给她看，"看看这些，它们很小。电影后跟一个名字，而不是'设计'或'制作'。"

珍妮看着这些，然后笑着评论说："但是这都是些荒谬的、自大的名字！女神！荣耀！黄金！哇，太'谦虚'了！"

我们突然大笑起来，最后又重新开始想办法。

"现在让我找找其他东西。"我变得固执起来。我低头看着屏幕，就像女巫看着水晶球，寻找一个神奇的配方。

"为什么要寻找我名字的意思？你知道，这只是珍妮弗的昵称，然后用意大利语应该叫吉内薇拉，我会更喜欢这个，或者乔瓦娜……"

我不再抱怨这一原则了，似乎已经知道会导致什么结果，因为已经听过好几次了。"看这里，你知道珍妮这个名字也被用来表示常见的动物或工具吗？"

"很明显，我不知道。听着，米娅，算了吧，你不用想破脑袋，人们总会想出奇奇怪怪的名字，我只想要一些简单、正常的东西……"

"就是这个！"我很兴奋。

"这是什么？"珍妮再次抬起脖子，看了看屏幕上的图像。

"纺纱机！"

"你想说明什么？"

我畅所欲言，觉得自己被什么超级智慧之光给照亮了："你不明白吗？编织情节……编织故事！一种女性用的工具，纺纱工通常都是女性……"

"所以？"我的闺密越来越迷惑，叫我给她解释。

"所以，你知道这个机器叫什么吗？纺纱珍妮！这里说，这个名字来自发明者的女儿海斯，她是一个纺纱工，就是珍妮。"

"你想干什么？把我们的团队名叫成纺织珍妮吗？"

"看看用意大利语怎么说：嘉奈塔。"

"嘉奈塔？"此时，珍妮没有笑，反而皱了皱鼻子——当她做出这个动作时，意味着她正在思考，好像在嗅它。然后她指出："爷爷老家的人差不多就这样叫我，嘉娜。"

我宣布"嘉奈塔影业"，同时用手在空中比画了一个假想的牌匾，上面还有标志："用纺织机做标志你觉得怎么样？"

"不是手持火把的女神或者咆哮的狮子？"她仔细考虑，"你知道吗？这是一个不错的主意。"

我总结了一下："这样吧，如果我们明天没有想出更好的主意，那就叫嘉奈塔影业。"

当天晚上，珍妮给我发短信：你知道长矛是什么意思吗？还有北风？这还不错，也就是说，它可以是武器，也可以像凛冽的北风这么强大。

我：这就是我们要放图的原因。我回答并附上了一张纺织珍妮的图。

珍妮：但是你知道这个轮子让人想起老电影里著名的比萨吗？

这个虚构的自行车的轮子，我们现在需要蹬车让它转起来！

从技术和组织的角度出发，我们忽略了本项目的基本要素：谁负责执行？显然，目前，我们只能寄希望于加布里埃尔·马丁，他可是肩负重任的独苗。

"加布里埃尔做什么？他扮演所有角色吗？"我焦急地问。

我们下午很早就在牛奶店了，面前的热巧克力无法消除我的担忧。我请在艺术与漫画学院学习的朋友特蕾莎设计嘉奈塔影业的文字（我发现这叫作字体）和徽标。但在她的草图送到之前，我决定直面加布里埃尔的表演问题。

"当然不会！即使我向你保证他可以很好地驾驭各种角色，喜剧的、悲剧的……"珍妮试图让我放心。

"那么，你有什么想法？"我追问她。

"让那些男孩女孩知道他们会跟他同台，还有什么难的？"她非常乐观地说。

"哪些女孩、男孩？这样吧，随机？朋友们？"

"我们来分配一下。"她笑着说。

"谁？我们俩？"

"对不起，米娅，一般是谁负责选角？是导演、制片人，或者是创造角色和提供建议的编剧……"哇，她真的在变成"纺织机"！

"你打算什么时候在哪儿进行选角？"

"在我家。"她自信地宣布。

啊，天哪，她家的客厅确实可以作为一个戏剧场景，甚至都不用保罗费心去布置。那是一个巨大的房间，铺着木地板，尽头有一扇大窗户，光线从那里照进来，在没有装门的拱形入口的两边有两尊白色雕像。客厅里没有桌子，因为这是"纯净的生活"，建筑师将所有沙发设计为白色。珍妮的母亲，一个时尚迷，严格遵循建筑师的要求，所以整个客厅里，除了白色的沙发、白色的雕像和白色的教堂蜡烛外，其他摆设一概没有。不，我错了，墙壁上挂有一个大屏幕，但是在带一个墩子的大沙发前，甚至都没有摆上一个柜子。与这个经典的"禅"空间（珍的母亲带着满足感如此定义）相比，我家的客厅看起来像摩洛哥的露天市场，到处都是地毯、大桌、小桌和爸爸不愿意扔掉的装CD的柜子。尽管贝尔尼已经向他解释了一百次，他可以将整个音乐和电影库存储在云上，云就是一个云形状图标的服务器，但是每次爸爸都说自己是一个思想老旧的固执分子，等他成了真正的幽灵时，才会在云上听歌，以此结束对话。

无论如何，回到选角，我只有一个问题："你妈妈同意让你这样做吗？就是说，珍，让我们和看起来像足球暴徒的米歇尔，甚至我们不认识的米莫，以及一群不知从何处搜罗来的人占据你家的客厅……"

珍妮显得很有把握。"她会同意的。我告诉过她，我下周将和'电影人'一起，并且需要在客厅进行拍摄。"她看到我惊讶的表情，继续补充道，"我没有说谎，这是事实！妈妈对这事很支持。实际上，她让我发誓要提前告诉她这件事，让她可以准备一下。你知道，在广告试镜之后，我与加布里埃尔·马丁一直保持联系，只是因为我让妈妈对着奇克叔叔的照片发誓不告诉任何人，她才没有到处宣扬。你知道的，奇克叔叔把公寓留给了我们，妈妈尊称他为保护神。"

你知道我的珍妮正在如何转变吗？她不仅是纺纱机，还是一台战争机器！她就像上了轨道的火车一样开始了选角的宣传：脸书页面，学校里的人口口相传，在公告板上用马丁在摄像机前的照片做广告，甚至在当地电台做广告："我们正在寻找年轻的电影演员，如果你认为自己有天赋，如果你喜欢电影，请通过以下电子邮箱联系嘉奈塔影业……"

而我对此一直都没什么热情，谁知道我为什么会坚信计划的那天没有人会来试镜，最多只是几个很可爱的朋友愿意给我们一点支持。不知道为何，我心里充满了否定与恐惧。也许奇克叔叔不满天堂的白云客厅遭到入侵，另外，甚至都无法完成一首童谣朗诵的我却要为角色挑选演员？因此，这一次与我对抗的人是我自己。我想象在那个规定的日期，一个星期五（甚至联想到一个迷信的说法：星期五和星期二别结婚也别出门……），那天还下着大雨，珍妮的家里没有人来。

下午两点半，在规定的时间段内，只有我和珍妮。不仅没有一个人参与试镜，连我们的电影摄影组也没有出现，也许最好叫它摄制组。珍妮开始紧张地踱步。

十分钟后，我说："好吧，别生气。至少我们已经试过了，再说……"

丁零零，门铃像冲锋号一样响了起来。米歇尔、肖恩和舒都出现在门口，他们说："我们坐公交来的，等了一个小时，路上又碰上了令人尴尬的堵车，对不起……"还有一个头发造型特别的女孩，她伸出手说："是保罗让我来的，我叫希拉。"

这时，珍妮的母亲，像埃及艳后一样出现在现场：她穿着一条褶皱的连衣裙，上面系着高腰带，一头直发，留着刘海，眼线飞到太阳穴。

她的出现让所有人震惊，只有希拉皱着眉头评论道："保罗没告诉我电影的服装，但是，已经有化妆师了吗？"

我们一个挨一个站在一起，而"埃及艳后"环顾四周，仿佛正在寻找马克·安东尼[1]，而他终于出现在客厅门口，就是加布里埃尔·马丁，他戴着厚重的墨镜，系着盖住下巴的围巾，身穿红宝石色羽绒服和黑色的牛仔裤。至少"埃及艳后"看到加布里埃尔时是这么想："见到您真是太高兴了！珍妮告诉我很多关于您的事情！"

"夫人，请用'你'跟我说话就行了。"

你们知道演员们朗诵诗歌或者表演选段时候的声音吗？加布里埃尔和女士说话时使用的就是这种温暖、嘶哑又有说服力的声音。

"好，当然，嗯，你们也和我用'你'说话就可以了……"

此时，珍妮进行了权威性干预："妈妈，你快走吧。我们要工作了。"

"好的，我的宝贝，""埃及艳后"尖叫着，"但我要接待客人啊。"

这时我们的制片助理舒，终于把控了场面："亲爱的夫人，谢谢您的盛情款待。您的家是一个完美的地方。我会负责接待候选人的，我有名单，而且三点十五分以后出现的人都会被淘汰。

---

① 马克·安东尼（Mark Antony，约前83—前30），古罗马政治家和军事家。他是恺撒最重要的军队指挥官。恺撒被刺后，他与屋大维和雷必达一起组成了后三头同盟。公元前33年，后三头同盟分裂，他娶了埃及艳后，并于公元前30年与埃及女王克娄巴特拉七世先后自杀身亡。

所以您不用担心！”

“那我能做什么？”“埃及艳后”哀号。

舒快速地说：“夫人，我们设有茶歇时间，那就麻烦您准备了，我相信您会是一位出色的女主人。”

珍妮的妈妈高兴地转身去了厨房和餐厅，亲自为摄制组准备蛋糕等小点心。

“哇，舒，谢谢！”我惊呼。

但是她波澜不惊：“这是我的工作。”她快速地从肩上卸下平板电脑并确认时间，“奇怪。我们有四十名候选人。他们所有人将在接下来的半小时内结束自我介绍环节，否则他们将被全部淘汰。”

“好吧，我们可以灵活一点……”珍妮说，“再说了，你们不也都迟到了嘛。”

“绝对不行，我同意舒的看法。”希拉回答，“如果他们现在不准时出现，将来也不会准时出现在拍摄现场。失去他们总比录取他们要好。”

加布里埃尔终于摘下了墨镜，蓝色的眼睛散发出光芒：“别这么夸张。我只是碰巧迟到了，以前也没有人训斥过我。”

“哦，是吗？”肖恩简洁地评论道。显然，他已经对加布里埃尔不满了。

“看得出来，你比导演还重要。”希拉耸了耸肩说。

这时，门铃响了，舒一边跑去开门，一边对我们说："好了，开始吧。我在门口负责签到，然后三点十五分准时关门。"

第一个出现在客厅的是一个棕色头发的男孩，我们坐在从厨房搬来的椅子上（正如我之前说的，这里只有沙发）。他背着巨大的背包气喘吁吁地说："抱歉，我从城市的另一边赶过来的，这真是令人烦闷的一天！"

珍妮看着他，问："你是来这里参加试镜的吗？"

"我是米莫，你是米娅吗？"他问。

"不，我是珍妮。"

"米娅在这里！"我在空中挥舞着手，他举起手向我打招呼。这个米莫很可爱，他看起来很友好。

他努力把背包从肩膀上卸下来，解释说："我带来了一些东西……"

"终于进入状态了。"拿出摄像机和笔记本电脑的米歇尔抱怨道。

是的，没错。我们都开始变得认真起来。

# 第二部分　从情节到电影

## 组织选角

　　"一切都准备就绪了。"我听到有人在我背后说。这是一个男生的声音，但声音很小，我听不清楚。我还是不太了解这个项目的参与者，尽管我也参与了，尽管我们现在正在选演员。

　　是的，一切都准备就绪，似乎就在一瞬间，没有前提，没有背景，没在小说中所能做的交代，不可能凭自己的想象去信马由缰。场景是设置好的，再添上想象，一切都在那一刻发生，人们甚至不必怀疑画面是否正确，是否可以使用另一个图像，就像组词造句一样自然发生。但是电影的创作也确实是这样：事实上，我在这里是为了给人们即将看到的东西提供一个结构，赋予角色生命以及构建场景。因此，"一切都准备就绪"这句神秘的话让我感到震惊，也让我非常担心。首先，我必须在这个客厅里展示自己，在这里，事情开始变得严肃起来。虽然是珍妮和我这样两位业余爱好者在主持工作，但我们已经走得太远，无法回头，只能放手一搏了。

"珍妮，到你了。"加布里埃尔说。

她非常紧张，环顾四周，而我们都等着她发布指令。"OK，米歇尔，你来这里拍摄……"她指着她旁边的椅子说。

"你是说坐下？"他小声说，有点不信服。

珍妮立即生气地反驳道："是的，就是……要拍一个试镜镜头。这可不是一场移动中的拍摄。"

"我们全都要用特写镜头①拍摄吗？"他很生气地反问。

我们保持沉默，珍妮摆出一副严肃的神态，在手势的帮助下，好像在空中画人。她宣布："不，用全景镜头②拍摄，然后用特写，然后再回到全景……"

---

① 画面的下边框在成人肩部以上的头像，或其他被摄对象的局部称为特写镜头。特写镜头的被摄对象充满画面，比近景更加接近观众，背景处于次要地位，甚至消失。特写镜头能细微地表现人物面部表情，它具有生活中不常见的特殊的视觉感受，主要用来描绘人物的内心活动。演员通过面部把内心活动传给观众。特写镜头无论是人物或其他对象均能给观众以强烈的印象。在故事片、电视剧中，道具的特写往往蕴含着重要的戏剧因素。在一个蒙太奇段落和句子中，特写镜头有强调和加重的含义。

② 全景镜头是指画面中主体完整（从头到脚）的填充画面，一般用以表现运动和周围环境的关系。

"那我什么时候用特写呢？我自己做主？"米歇尔恶意追问。

珍妮再次感到恼火，她回答："不，显然是由我来告诉你什么时候特写……"

"没错，她会告诉你。她会给你这样的信号。"加布里埃尔插话了，做了一个专业的手势：双手在空中比成一个正方形。"特写镜头，大特写①……"他说着，双手像挤压空气一样慢慢逼近。

"是的，我知道。"珍妮说，她不希望别人认为她没有准备。我知道事实并非如此！她研究了镜头的组图。今天，在全体工作人员到达之前，她像要去面试一样向我重复了这些镜头："特写：脸部镜头。大特写：眼睛或嘴等细节。中景②：从腰部到头部。美国镜头③：从膝盖到头部。全景：从头到脚。"她一说

---

① 大特写镜头是对人物主体的部分进行大特写来填充画面，用于极端情绪的表达，又称"细部特写"，把拍摄对象的某个细部拍得占满整个画面的镜头。取景范围比特写更小，因此所表现的对象也被放得更大。这种明显的强调作用和突出作用，使大特写和特写一样，成为电影艺术独特的表现手段，具有极其鲜明、强烈的视觉效果。在一部影片中这类镜头如果太长、太多，也会减弱其独特的感染作用。

② 中景镜头是指人物腰部以上的部分被画面捕捉，这是电影的常见镜头之一。它能够让观看者的注意力放在画面主体上，但是同时也能够表现一些环境元素。

③ 美国镜头常见于美国的西部片中，是中景镜头的一种变形。将镜头距离拉到膝盖以上的部分，为了表现佩带于大腿的枪套和帅气的拔枪动作。

完，就举起拳头大喊，"冲啊！"我们像完成比赛后一样拥抱在一起。

但是，目前，我对将要做的事情感到紧张，所以随手拿起笔记本仔细看。

珍妮更加自信地向组员下达命令："那么，米歇尔，你待在这里，还有你，米莫……"她的声音在这里变得柔和："你要做好录音。你要在演员身上放麦克风吗？"

"是的，我可以在他们身上放麦克风来采集声音样本。"他从背包里拿出了那些经常在电视上看到的夹式麦克风，它们都被固定在收发器上。

我越来越震惊。但是我们真的很认真！我给了珍妮一个焦虑的眼神，但她显得非常从容。不幸的是，至少凭借我对她的了解，她从一开始看音响师米莫的眼神就非常温柔。

"很好，米莫，我们非常默契。"

我们默契？因此，在我们邀请他参加试镜并问他是否想加入我们的项目后，我错过了几个电话。显然，米莫已经参与了项目，而且似乎是参与得最多的！

加布里埃尔注意到自己在珍妮那里失分了，立即进行干预："我们可以一起尝试，你怎么看？"

"听你的。"米莫看着他，保持中立地回答道。

"但是加布里，你已经很完美了。"珍妮带着假装温顺的微笑满足了他的需求。

"谢谢你，珍，但我的意思是测试麦克风，至少让我们看看它是否有效，以及米莫是否知道如何履行职责……"他给了米莫一个诡诈的微笑，但米莫没有反应，好像什么都没有听到。

就在这时，突然有人风风火火地闯入客厅。接下来，我决定以对话的形式在笔记本上写下正在发生的一切：

## 场景1　白天内景——珍妮的客厅

保罗拖着一个带轮子的金属衣架进入客厅，上面挂着一些衣服。

保罗（加重语气）：大家好，这是一些舞台服装！

珍妮（走近这些衣服，困惑地看着它们）：但是这都是古装戏的服装！

保罗（抬手示意）：我从剧院拿来的。我们正在排练莫里哀①

---

① 莫里哀（Molière，1622—1673），法国喜剧作家、演员、戏剧活动家，法国芭蕾舞喜剧的创始人，是法国17世纪古典主义文学最重要的作家、古典主义喜剧的创建者，在欧洲戏剧史上占有十分重要的地位。代表作有《无病呻吟》《伪君子》《吝啬鬼》等。

的经典作品《唐璜》<sup>①</sup>。

所有人都好奇地走近衣架。

嗡嗡的评论声：什么服装啊！演员们应该打扮吗？但是……我不知道……我们有一幕是嘉年华现场吗？

珍妮（惊讶）：但是……我不知道该说些什么……这是有挑战性的服装……

加布里埃尔（两眼放光）：太好了！我穿十八世纪的服装非常帅！（他拿出一件十八世纪款式的上面有奇异图案的衣服，放在自己身上比对，欣赏它。）

米娅：本来假设加布里埃尔扮演死去的演员，但是十八世纪……

加布里埃尔（皱着眉头，很担心）：哪个死去的演员？是超自然的东西？

珍妮（摇摇头，带着令人放心的表情）：不是，说什么呢……

---

① 《唐璜》，法国喜剧作家莫里哀创作的散文剧，揭露了贵族的腐朽堕落、横行霸道。莫里哀改造来自西班牙关于唐璜的传说，并经多次变换，将神奇性与现实性结合，既描写农民，也描写幽灵和石像，悲喜混杂。莫里哀的《唐璜》首演于1665年2月15日巴黎皇家宫廷，用5幕共39场戏展现了丰富的情节和极为矛盾的戏剧冲突。剧中人物表列出了19个人，涵盖社会的各个阶层，塑造了一个社会群体。

肖恩、米娅：是的，没错！

加布里埃尔茫然地看着他们。

肖恩（和米娅交换了一个眼神）：有点乱……

保罗（看着加布里埃尔）：看，他打扮得像卡萨诺瓦[①]一样好看！短片需要另一个人物，我可以向你们保证，古装片总是好看的。

米娅（闷闷不乐）：对不起，但这个主意不合适。

保罗：但是对于试镜来说很棒，如果每个人都穿着服装排练会更好。

珍妮（坦率地说）：但是，总之，我是导演，最好还是由我来决定吧？

舒手里拿着一个文件夹进来了。

---

① 贾科莫·卡萨诺瓦（Giacomo Girolamo Casanova，1725—1798），极具传奇色彩的意大利冒险家、作家，18世纪享誉欧洲的大情圣。许多人都会将卡萨诺瓦与拜伦的《唐璜》中的主人公相提并论，因为他们同样在一生中有着不计其数的伴侣。然而卡萨诺瓦终究不同于虚构的故事，唐璜只是一个传说，而卡萨诺瓦则是真真切切的历史人物。与唐璜更加不同的是，卡萨诺瓦深爱着他所有的女人，并与她们长期保持着友好的关系。风流韵事也只不过是卡萨诺瓦丰富多彩的人生中一些章节。

舒（满意）：我们准备开始试镜吧，已经有十个人了！我可以让第一个进来吗？

米娅：十个人？你把他们安置在哪儿了？

舒：在门厅，不对吗？

珍妮：对，没错，你做得很好。我们要做什么？坐下吗？（她看看其他人。）

肖恩、米娅：嗯，是的，我们坐下吧。

加布里埃尔（礼服还在手里）：我去更衣，你们怎么看？

保罗：当然了，你穿上。希拉会考虑化妆的事。

加布里埃尔（笑容灿烂）：啊，完美！太厉害了，恭喜你，珍，他们都很专业。

珍妮：谢谢。（转向一旁，对着米娅）如果我晕倒了，你接住我。

米娅：别想这些有的没的。

珍妮（注意到笔记本）：你在写什么？

米娅（继续快速编写）：脚本。

珍妮（眼光发亮）：太棒了！但是……现在？

米娅（勉强抬起眼睛）：你知道，灵感……

珍妮（震惊）：对，灵感！

米歇尔（郁闷）：我等你告诉我什么时候开拍。你怎么告诉我?

保罗：对不起，我们需要场记板。

米娅（继续写）：就是一个特制的牌子，上面写着："Action，开拍……"？

保罗：我认为是这样的。

珍妮（手在空中摆动）：不，什么场记板！这样，我给你做打板的手势，然后你就进行全景拍摄，当演员说出名字和拿出他们准备的东西时，切到特写。

舒：我去叫第一个?

珍妮（坐下，恢复信心）：去吧。

大家可以不相信我们，但在面试者看来，我们确实就像一个真正的团队。第一个进入客厅的是一个年纪比我们大一些的女孩，看到我们坐在那里，她似乎感到很害怕。米歇尔调整好镜头了，保罗双臂交叉地靠在那堆衣服旁边，米莫将麦克风固定在她的衬衫上。

我想站在她的角度换位思考一下：进入这里，面对着六个坐着看我的人，一个人问我的名字，问我我为试镜准备了什么才艺表演，然后珍妮用一只手拍击另一只手掌说："Action！"我的所有表现便都被拍摄下来。

## 场景2　白天内景

　　进来一个女孩，穿着有破洞的紧身牛仔裤，长长的头发，妆容有点浓：烟熏妆，深色口红，白色粉底。

　　女孩：我叫瓦伦蒂娜，我学习这个专业四年了，已经出演过几条短片。我准备的这个才艺……（她皱了皱脸，泪流满面）不，不要走，求你，不要离开我！我恳求你！求求你！

　　加布里埃尔穿着唐璜的服装进来了。

　　加布里埃尔：我怎么样？

　　珍妮：停！（转向一旁，对着加布里埃尔）对不起，加布里，我们正在进行第一次试镜……

　　瓦伦蒂娜（睁大眼睛）：你是加布里埃尔·马丁？

　　加布里埃尔（膨胀）：是的，是我。你要签名吗？

　　嗡嗡的讨论声。

## 场景3  白天内景

一个男孩在特写镜头里，他表现得很认真、专注。

男孩：我们不满的冬天……（选自莎士比亚的《理查三世》①）

镜头为黑白，画面先是模糊，然后聚焦到嘴部细节。

珍妮（画外音）：停！谢谢，非常好，我们晚点会通知你……

## 场景4  白天

两个女孩，镜头里只有上半身。她们用轮唱法②唱了一首没

---

①　《理查三世》是莎士比亚为适应当时英国人民对抗西班牙的爱国主义情绪，以霍林谢德的《英格兰与苏格兰编年史》为主要素材，创作的一系列历史剧中的代表作之一，创作于1592年至1593年期间。《理查三世》描写篡夺王位的爱德华四世死后，其弟理查用狡诈、血腥、毒辣的手段，登上统治宝座，很快为敌党所杀，结束了玫瑰战争。

②　轮唱是由两个、三个或四个声部演唱同一个旋律，但不是同时开始的齐唱，而是先后相距一拍或一小节出现，形成此起彼落、连续不断的模仿效果，属于多声部音乐。各声部既演唱同一个旋律，而又形成互相对比、交叉的效果。我国现代群众歌曲中常用轮唱这种形式。复调音乐中称之为"卡农曲"。所谓的"轮"就有滚动的意思，在同一个旋律下，分部唱，轮到哪部就哪部唱，每一部之间要相差两拍，是合唱的一种表现形式。不管分多少部，但结尾都要统一到一部才能结束。

有伴奏的歌。

画外音：谢谢，之后我们会通知你们。

### 场景5　白天内景

特写中的加布里埃尔脸化得很白，脸颊上贴了个痣，戴着假发。

珍妮（画外音）：希拉，你确定这没有很夸张吗？它看起来像一个面具……

镜头转向希拉。

希拉（皱着眉头）：在十八世纪，男人就是这样化妆的。我发现他很适合。

保罗（热情）：非常适合。

肖恩：加布里埃尔，我给你提词。

加布里埃尔：来。

肖恩：我在这里试镜……

加布里埃尔：然后？

肖恩（烦死了）：这是台词——我在这里参加试镜，先生们，你们想听到什么？

　　米娅：加布里埃尔，作为一个经验丰富的演员，你要用平稳的声音说出来，明白吗？

　　加布里埃尔（困惑）：好吧。

　　珍妮：注意，准备。Action!

　　加布里埃尔（用低沉嘶哑的声音，对着镜头的表情强烈）：我在这里参加试镜……我能为你们表演什么？

　　珍妮：停！完美！太棒了！


　　米娅：太好了，很有感觉！

　　保罗（鼓掌）：很好。

　　肖恩（恼火）：实际上他改了一部分台词……

　　米娅：没关系，很好，来吧，看看什么效果？

　　肖恩（耸耸肩）：他是演员，我看看。

　　加布里埃尔：但是我的角色到底是什么？


　　所有人都转向我。


　　米娅（给了肖恩一个求救的眼神）：一个演员……我们正在努力，对吧，肖恩？


　　肖恩做了个鬼脸，嘴角耷拉下来，点了点头。

# 肖恩和我吵架了

我们正在努力，对吧，肖恩？

我最喜欢的罗莎姑奶奶说，他比我更务实、更严谨。我们决定怀着美好的意愿写作，尽管我很犹豫不决，但幸运的是，他的想法很坚定。我在书架上找到了一些堆叠在一起或打开的书。肖恩热衷科幻，但他在做研究时却是一个传统主义者——不看网络！看书！

"哦，天哪，这都是些什么啊？"我感到困惑。

"为了找些点子。"他轻声回答。

我读出了作者的名字："特吕弗[1]？巴赞[2]？他们是谁？我们需要研究所有这些东西吗？"

---

[1] 弗朗索瓦·特吕弗（Francois Truffaut，1932—1984），从年轻时代开始，电影就是他最大的兴趣。1955年，特吕弗完成了自己的第一部短片作品，而他的第一部电影长片则是《四百击》，一部关于小男孩故事的半自传作品。影片在1959年戛纳电影节上获得最佳导演大奖，以及纽约影评人奖年度最佳外语片等一系列荣誉。《纽约时报》说他是"一位安静的革命者，以传统的方式拍摄最不传统的电影"。

[2] 巴赞（André Bazin，1918—1958）是法国战后现代电影理论的一代宗师。1945年，他发表了电影现实主义理论体系的奠基性文章《摄影影像的本体论》。20世纪50年代，他创办《电影手册》杂志并担任主编。巴赞英年早逝，未能亲自经历战后西方电影的一次创新时期——法国新浪潮的崛起。但是他的《电影手册》的同事们（著名的"电影手册派"）掀起的新浪潮把他的理论实践于银幕，为电影带来真实美学的新气息。因此，巴赞被称为"电影新浪潮之父""精神之父""电影的亚里士多德"。

"不用，只是找线索。"肖恩很平静地说，而我却没有那么淡定。

我心想，在这些烂书里找线索吗？上面都写得密密麻麻的，还分成了章节。一看到因时间久远而变黄的页面，我就感到恼火。据说电影中一切都是现实的，我们何必还要挖掘这些似乎遥远的过去呢？

"你看，他们是导演。"肖恩告诉我。

他现在能读懂我的想法了？

此刻，我有点紧张，从挎包里拿出笔记本，昨天我在上面为剧本做了笔记。"那么，这是怎么回事？"我以挑衅的口吻问。

肖恩拿起笔记本开始看。他轻笑了几声，不时对这对那加以评论："是的，加布里埃尔就像一个骄傲自大的人……可惜你没有描述双胞胎唱歌。什么人物！"

"哦，那是练习……"我意识到自己有些自欺欺人，当肖恩继续往下看的时候，我感到不安。

"你怎么知道正式的计划？"他好奇地问。

"你这话是什么意思？"我觉得他像我那被爸爸问起不好回答的问题时的哥哥。

"我的意思是剧本的组成：场景划分，白天内景的描述……总之，就是这儿这些东西。"他边说边用手指指着笔记本。

我不喜欢他审查式的态度，要求我给他解释。我的语气马上变得强硬起来："这并不困难，就像戏剧文本一样，都是对话形式。再说，我在网上查看了剧本的创作方式。"

"所以你已经知道了一切。"肖恩敏锐地说。

"不，那只是一个试验。"

……我不确定我的想法是否正确。这种交流一点也不好，相反，语气充满了攻击性，为一点小事争吵。

"但是，你是因为我在试镜时练习才生我的气吗？"我挑衅地问。

肖恩撇过头，冷冷地回答："不是。你为什么还说咱们在图书馆见面研究呢？明明你已经有了一个想法，却没有分享。"

我翻了个白眼，生气了。噢，天哪，什么争论！"你听着，如果你想吵架，我就马上离开。"我愤怒地说，啪的一下合上笔记本，将其放入斜挎包里，转动脚跟，昂首挺胸走出房间，在走廊里加快了脚步，噘着嘴朝门口走去。

在所有（我的意思是所有）浪漫的电影中，当女主人公在这样的争吵中离开爱人时，他会追着她，一手抓住她的手臂，一手搂着她的腰，当众亲吻她，两个人就这样在掌声和感动中重归于好。但是轮到我，什么都没有发生。我只听到我的鞋跟碰击地板的声音，哪怕我都走到了门口，也没有任何接吻，没有拥抱，没有在我身后响起召唤。我的额头差点撞在玻璃门上，幸好玻璃门自动打开了。我即将独自一人走出去，带着无用的愤怒，而肖恩留在里面，也许在和他的书一起遗憾。我问自己他接下来会做什么，因为我们本来打算一起工作……他准备进行研究和写作，而我是来向他展示一个不错的现成脚本。不得不承认，是我不对啊。

因此，在最后一刻，在推拉门关闭之前，我决定回去，至少看一下肖恩在做什么，以至于没有浪漫地追着我走过光滑的走廊，甚至可能在一阵笑声中滑倒在我的身上。就像那次在家里的沙发上一样，我们埋在柔软的毯子下，快乐得颤抖，因为这就是生活的方式：以愉悦而轻松的情感流淌，没有阴暗的思想或不满，没有山盟海誓、辛苦应对和各种挑战，而是在欢笑与玩乐之间……为什么不呢？我的意思是，为什么笨蛋肖恩如此冷静？为什么我这么强硬固执地做困难的事情，而且突然表现出可憎的态度，况且还是我讨厌的角色？

我静悄悄地走回去，而不是像之前那样激烈地踏响地板。我在阅览室门口探头往里看，以免被肖恩看见。我想给他一个惊喜，探出头，甩给他一个飞吻，用食指勾一下示意他出来，然后在门外亲吻他！

相反，我看到了他和另一个女孩在一起！哦呵，没错！他不仅没有去追我，而且还在那儿全身放松地微笑着和一个女的聊天。

你能懂这种感觉吗？你离开你的男友才一秒钟，就有一只秃鹰突然出现抓住了他。简直不可思议！我真想突然出现在现场，疯狂地尖叫，因为他刚跟我在一起时一直皱着眉头，现在却笑逐颜开。但是，这个坐在我的位置上，用手指抚平已经很光滑的头发、发出呼噜声的女的是谁呢？不巧的是，她背对着我，从发型或身影我都看不出她是谁。她穿着一件紧身T恤，以至于我可以看到她背上胸罩的轮廓。当她抬起手时，我注意到她戴着一只似乎能吸引肖恩注意力的大号镶嵌手镯，除非他把注意力集中在……哦，不！敞开的领口可不行！此刻我不得不干预啦。

我发出的声音像喇叭声一样尖锐："肖恩！"

他突然转过身，感到惊讶，向后倾斜，差点从他摊着的椅子上摔下来。秃鹰也转过身，带着惊讶的表情。她没想到我会狡猾地杀个回马枪！

我惊讶地睁大了眼睛，因为我立即认出了这个狐狸精，真是无话可说。

是托妮·比斯的朋友史蒂芬妮雅，就是牛奶店里叛逆组合的其中一个！后来这里发生了什么，肖恩（在这一点上我似乎已经很讨厌他）怎么可能不记得她，在牛奶店事件发生后还不屏蔽她？

"你好！"她说，露出非常虚假的微笑。

"你从哪儿来的？"我问她，没有回应她的问候。

她眨眨眼，好像被我粗鲁的火焰所伤害，以一种清白的语气平静地说："我在这里学习，在那边的桌子旁。我认出了肖恩，就过来打招呼。"

"哦，是吗？我刚才也在的时候，你怎么不过来呢？"我不太友善地回答。我告诉自己尽量微笑，以免变为嫉妒心重的臭脾气大老粗。但是，有一种微笑，就是鳄鱼的笑容，我想现在的我就是这样的，我的牙齿会变得非常锋利，随时可以咬人。

"我也是在你在的时候过来的，只是你突然起身出去了。有什么急事吗？"她终于露出了隐藏的恶意。

"可以说是的。但是你……"我转向肖恩，他沮丧地盯着我。当他看到我以吵闹的方式登场时，整个人都不好了。我毫不犹豫地继续以有点攻击性的语气说："你认识她吗？"

"米娅，你能小点声吗？我们在图书馆里！"他抱怨我。突然之间，他之前那甜蜜的笑容消失了，变得严肃起来。

"我是说，你知道她是谁的朋友吗？"我带着好斗的表情重复了一遍。

他皱了皱眉："当然。舒的朋友。她跟我提起，我们在牛奶店见过，她正告诉我舒跟她说过我们的项目。"

"舒告诉你我们的项目？"我低声叫喊。这是一个阴谋！

"对不起，有什么不对吗？"她假装温顺地再次眨了眨眼，"实际上，这是一件好事，如果立即进行宣传会更好。"

我反驳说："这是一项正在进行中的工作，我们都有义务对此事保密。"这种愤怒在我心中累积，我感到自己在变色。我确定我正在变绿，即将变成绿巨人浩克[①]，很快我就将掀翻桌子。

"无论如何，这不是重点，重点是你和一个说他……的人是朋友。"我发起攻击，但她挥舞着那只戴着闪闪发光的手镯的手，打断了我，它具有令人难以置信的神奇力量，可以催眠她说话的那几秒钟："谁？托妮只是说你和一个英俊的男孩在一起，实际上我认为她是说他是一个很酷的男孩。"她突然大笑起来，肖恩受宠若惊，甩了甩头也跟着笑了起来。他怎么这么容易上当？

"那不是真的。"我发出嘶嘶声，"她说他被晒黑了……"

她耸耸肩，装出一个无辜的表情："看，你误会了！我认为你有偏见。她说他是一个被预订了的帅哥！"

"被预订什么了？说来听听！"我像蒙塔尔巴诺探长[②]一样追问她。

"'被预订了'是我们之间的一个说法，真是个好词……"

——————————

① 绿巨人浩克是环球影业出品的一部超级英雄电影中的男主角。影片讲述科学家布鲁斯·班纳在命运安排下成了父亲基因改造实验的试验品，在一次试验中，为了保护一名同事，他暴露在致命的伽马射线之下，体内的神秘力量被意外唤醒。此后，每当情绪激动时，布鲁斯就会失去自我意识，变身成为绿巨人，并具有超强破坏力。

② 蒙塔尔巴诺探长是意大利热播电视连续剧的主人公，西西里反黑手党的勇士。

肖恩继续笑，看起来很高兴。你们知道虚荣心是如何作祟的吗？只要对他谄媚，这个人就准备相信一切。这位史蒂芬妮雅真的是条美人蛇，她很聪明，知道如何打好牌：之前在牛奶店，我没有注意或低估了她的美貌，黑丝般的头发完美地落在肩膀上，柔软地飘动在令人尖叫的领口处。即使是圣徒也会注意到它，而肖恩，我看得很清楚，他为了不看那里都不知道要看哪儿了。

"算啦，随它去吧！"最后他哼了一声，翻了个白眼。

"对啊，随它去吧。"她的手抚摸着吸引力最大处上散落的头发，说道。

"我们必须工作了，对不起。"我说着，投去想把她焚化在椅子上的目光。

"当然，我也该做事了。你知道……"她对肖恩说，"明天我有英语作业，万一需要，你能帮我一点小忙吗？"

"当然。"他回答。

蛇起立，盘起来。这是什么样的噩梦！除了紧身衬衫，她还穿弹力牛仔裤，你猜怎么着？当她从椅子上站起来时，肖恩的下颌骨几乎都要掉下来了！

我感到沮丧，我很乐意再进行一次向后转来重新获得自豪感。但我们不是在电影里：我刚刚上演了这一幕，获得的反响非常糟糕。

## 再次吵架

"一点小忙……怎么说话呢！"我讽刺道，但我恨不得咬住自己的舌头，因为我已经知道我所说的关于史蒂芬妮雅的一切都会被冠以恶意。

实际上，肖恩立刻驳斥了我："够了，你对史蒂没有好感。她好心过来祝贺我们的项目，她本来不必这样做。"

"哦，是吗？要祝贺我们吗？"我重复他的话时的语调真的很糟，"只是你一个人吧？所以啊，是祝贺你的电影和其他我听到的事情。"

我对"我听到的"这几个字故意强调，但反观我的内心，一个声音在恳求："够了，别说了，你是个傻瓜，这没用，你在扮演嫉妒丢脸的形象……"我的心在猛烈跳动，即使感觉后背上有东西在拉着我的头发，我也无法让自己停下。这一定是我绝望的善意。我摸了摸头发，坚定地甩了一下头，把手向前反转，就像是在出击前要戴上虚拟的头盔一样，低声说（我不希望把图书馆管理员引过来）："啊，你已经在叫她的昵称了吗？你们在什么地方约会过了吗……"

"米娅，别说了。"他冷冷地喝住我。

"嗯，当然，我必须停下来，但是那个需要一点帮助的人……"我用嘲讽的鼻音说了最后一句话，但这时候，肖恩再也忍不住了。

他像猫一样灵活而无声地站了起来，一言不发地迅速收拾自己的东西，把所有东西一股脑儿塞进背包里，然后对我说："我们等你这事过去再见吧。"

瞬间，他从我的视线中消失了，我的心突然瘪了，就像一个漏气的气球。这种空虚和无助的感觉快让我哭出来了。从一开始我就搞错了，我也不明白为什么。因为一点小事而被荒唐的怒火迷了心窍。这不是我的初衷……是什么让我迷失了？今天，从踏入图书馆的那一刻起，我似乎就一直在自找麻烦。现在，我自己一个人坐在桌旁，目光呆滞，周围摆满了肖恩耐心收集的书，我一直忽视了它们。

我心急如焚，试图恢复清醒。我伸手从书堆中抽出一本，这本书看起来是开本最小的，可能是最近才出的。作者是文森佐·克拉米①，书名似乎是专门为我而起的——《给年轻作家的建议》，小说、电影、戏剧、广播，几乎涵盖所有领域。但是克拉米是谁呢？一个很有学问的人吗？我去读传记：作家、剧作家、电影编剧……哇！著名的电影编剧，甚至拿过奥斯卡奖，令人难以置信。我不认识他，也从没听说过……肖恩选得好！我现在就开始阅读，看看书里写了什么。然后就可以打电话给肖恩，

---

① 文森佐·克拉米（Vincenzo Cerami，1940—2013），意大利编剧、演员、导演。

告诉他我已经学习了，告诉他我知道自己错了而且错得有点离谱。不过，只有一点……我又不是三岁小孩，我知道如何识别一个有危险意图的聪明女人，甚至只是闻到气味就能知道。在这里，空气中弥漫着欺骗的气味。

# 我沉迷于读克拉米的书

我很喜欢这本书，沉溺其中。它把我带到他的身边，仿佛听到他讲话，而不是像论文那样冷漠地传达复杂的观念。它促使我思考和反思，我从书中抬起头来：是的，确实是真的。他在沉默中度过一生，沉默中发生了多少事情！几乎是一切。我们很少说话，即使看起来说得很多：这是一个讲话的片段，它通过各种对立的情感和鲜亮的色彩纠缠在我们的内心，从黑色的愤怒到明快的欢乐，情绪比往常表现得不加抑制得多，即使今天我们用微弱的心跳和滑稽的面孔沟通。

是的，这位克拉米不仅是擅长于各种体裁创作的作家，也是一位真正的哲学家，而且是一位文字明确易懂的哲学家。他思考着人类的灵魂并知道如何传递。我读了这本书，理解了他，也同意他的观点：我们所有人都生活在一个寂静但充满情感的领域，最重要的是，我们在交谈、幻想、妄想或渴望时，都是在与自己做未曾表达且复杂的、无法表达甚至不可知的长篇对话。

这本书确实是一个启示！我从中读到的是：作家们说出了没有表达出的情感，把词语赋予情感和想象，他们可以从未曾被探索的深度发掘出记忆和秘密，把它们披露出来，使之得见光明……我被感动了。我从小热爱写作，知道写作使我们能够在寂静的星云中区分出一些点，我们可以在这些点里停下漂泊的脚步，重新寻找自己，让自己能够流畅地说话。

我叹了口气。我在电影里的角色是什么？那里的一切都可以在屏幕上看到，并且不需要描述角色和地点。不仅是编造一个故事，甚至可能用半页纸讲述它，因为这种基于图像的表达形式也需要书写！没有书写，图像就不会具有相同的力量，它们将失去实质、价值和意义。演员的任务是通过动作和眼神的深度来表达思想和感情，但是他们需要台词：在沉默和暗藏思想的星云中显得简单、直接、熟悉、清晰、精选的台词。因此，要由我们作家来决定哪些词、哪些句子、哪些对话代表哪种生活、哪些关系。

当我沉思时，手机屏幕上出现一条令人忧心的消息：米娅，请立即回复我。很紧急！

显然是珍妮。

我：我在图书馆。怎么回事？

珍妮：你必须尽快写出加布里埃尔的角色，我们必须加快速度！

实际上有十个感叹号，她的手指一定一直按在按键上。

我：你在开玩笑吗？他究竟怎么了？

珍妮：请给我打电话。

我打了个喷嚏，很不情愿地从椅子上站起来，瞥了一眼史蒂刚才坐过的桌子，意识到她已经不见了。愤怒和怀疑立刻又抓住了我：可能一看到肖恩出去她就走了，可能是紧跟着他走的，可能这时候他们已经抱在一起了……不，不，不，这是我的幻想，它已经猛烈地奔向我所谓的个人悲剧的深渊！冷静下来，米娅，别让自己发狂，记住你刚读过的话：我们在疲惫不堪的内心寂静中自导自演了太多电影！

我迅速收拾好东西，把书放在桌上，然后逃走了。在出口处，我打电话给珍妮，她在铃响第一声时就接了，一大堆话把我砸翻了。我不知道我还会不会再认同克拉米说的，因为我们始终保持沉默，被封闭在沉默的内部环境中。也许克拉米是在人们发明手机之前写的这本书。

## 我的创作遇到瓶颈

"你得救我！"珍妮在哭泣，"加布里埃尔给我写信说，他两周后就要去柏林了，留给我们的时间不多了！"

"去柏林做什么？"我惊讶地问。

珍妮喘不过气来回答，好像她刚刚跑完一场马拉松比赛：

"那是一部非常重要的电影，你知道吗？你现在还想让他对我们的短片有什么兴趣吗？"

我很迷茫，提醒她："但是他很忙。"

珍妮没有平静下来，而是喊道："米娅，没有他，电影就不存在了！你知道吗？"

"别夸张了，加布里埃尔并不是那么有名……"

"啊哈，没有？你在试镜时看到了吗？每个人都请他签名！"

"但是这有什么关系呢？在学校里，我哥哥在同学面前演出的时候，他们也跟我哥哥要签名呢！"

"求求你，米娅！"珍妮的声音破碎了，她快要哭了，"我知道你想安慰我，你很好……但是没有加布里埃尔·马丁，短片就成了一种普通的练习，只是众多短片中的一部。但是，如果有明星的话，一切就都变了。哪怕是一个非常简单的故事……"

"啊！"我很生气，"现在你不再喜欢那个故事了。"

"不是，那就是说说而已！我非常非常喜欢加布里埃尔，没错，他向我指出他还没有角色，没有剧本！我们还不能试戏，因为缺少电影台词……因为你还没有写，是吗？"

好一顿数落！她什么都说了，但另一方面，她讲出了真相。今天不是好日子，我已经和我的男友吵架了，在一个我甚至不怎么认识的女孩面前留下了糟糕的印象，而现在，作为结尾，又正在被我最好的闺密数落。

"听着，珍妮。我现在就回家，把自己锁在房间里，我向你保证，明天早上我会给你加布里埃尔的台词。我们要尽可能在他去柏林前先拍他的部分，这样就会有很多材料供我们使用了。"

"你说的！"她终于冷静下来，语气更加坚定。

"是的，当然，我向你保证。"我再次重复。

"谢谢你，米娅，你是我的宝贝，是我最亲爱的朋友！我爱你！"

我得到了安慰，有点感动。我带着坚定的意念跑回家，决心要像阿尔菲耶里①那样，将自己绑在椅子上。显然，他是为了搞研究，而我是为了写作……

"站住！"我刚进屋，正要把自己关进房间里，我妈就给我下命令了。

"怎么了？"我问，惊讶地盯着她。

"首先，你好，你不能跟我打声招呼吗？"她用交通警察般的语气说。

我打了个喷嚏，翻了个白眼："妈妈！"

"你还记不记得你今天早上答应我的事情？你先是出门了，然后消失到现在。顺便问一下，你吃了什么？"因为吃饭在我家

---

① 阿尔菲耶里（Vittorio Alfieri，1749—1803），意大利著名剧作家。

非常重要。

"在图书馆吃了个汉堡包……"

"就只吃了一个汉堡包？"来自"警察"妈妈的调查。

"还有水果奶昔。哎呀，妈妈，求求你了……我吃过了！然后我和肖恩一起学习了。"

"对，这个你在信息里跟我说了。"因为妈妈经常用短信遥控监视我，有时候还要求我发送照片，以显示我所在的地方，检查我有没有说谎。

"好吧，有人在客厅里等你……"

我的心开始在胸腔狂跳：一定是肖恩，他来找我和好了。这是浪漫电影再次开始的地方。当我把手放在门把手上时，我幻想着门敞开了，他把我抱进怀里，在我的耳朵旁喃喃地说他很爱我，一秒都不能离开我，在这两个小时里他疯狂地想我，那是可怕的折磨，他再也不想经历第二次了……

我按下把手，跳过来搂我脖子的不是肖恩，而是罗比，它高兴得嗷嗷叫。它舔了舔我的脸，似乎在我的耳边喃喃地说："我终于等到你了！你去哪儿了？"

妈妈直接翻译了剩下的话："你还记得你答应今天带它去公园吗？"

如果我有自由的手，我会打在我的额头上，但是我正用它们试图阻止罗比的欣喜，支撑它不想放在地上的前腿，也许它是担心我会割断绳子。

"但是我不能……我必须写作！就是说，我得学习！"我以一种绝望的口吻回答。

与此同时，罗比哀号着，继续抬起右脚掌，好像在晃动一个看不见的食指："不，不。承诺就是承诺。"

"到目前为止，你在图书馆做了什么，我能知道吗？""警察"妈妈立即询问。

"嗯，好吧，但是我还没有完成，我得处理一个紧急任务……亲爱的妈妈，难道你不能带它出去吗？"

她讽刺地盯着我："甚至到了叫'亲爱的妈妈'的地步吗？不，不，别迷惑我。罗比会非常失望的。"

同时，罗比的目光在我们俩之间来回看，试图理解我们的对话。它把爪子放在地上，给了我地球上最恳求的目光。我该怎么拒绝？可怜的罗比！

妈妈坚持说："我很忙，我不能带它出去，你想想爸爸回家已经很累了，所以他也不是个正确的人选。不行，你已经承担了这项任务，你得有点责任感……"

哦，天哪，她又在用老一套的说教方式数落我，嫌我什么都不走心，教育我要成长、要有责任心等等。把我赶出去遛狗的，与其说是罗比可怜的目光，不如说是妈妈的长篇训诫。我愤怒地抓起皮绳："我去，我去，别再说了！"

罗比对我的怒气没有太大的关注：我一打开房门，它就飞快地下楼，全速摇尾。妈妈也没有给我减轻负担，她将铲子和手提袋交给我："给你，记得把它们绑在皮绳上。拜拜。"

我没打招呼，我把它们全部放在皮背带上，然后下楼梯。罗比坐在门口等着我，它张开嘴露出快乐的笑容。看到它如此高兴，我的怒气也就消了。"至少今天你会开心！"

在公园里，罗比绕着围栏奔跑。我没有看着它，而是坐在一条长凳上拿出笔记本。还好，我严格遵循写作课上的一条规定，总是随身携带它。

我的老师说："灵感总会与你不期而遇，通常是在外出散步的时候。不是灵感，就是思想、反思或是对某些事物的观察，以及所有可能在故事中发展的那些提示要点……"

真理。

于是，我打开笔记本，开始写了起来。

**场景1**

内部照明——剧院的观众席和舞台。

四人一组坐在观众席上。

加布里埃尔穿着十八世纪的骑士服进来了。

加布里埃尔：早上好，我来这儿试镜。

导演（在那组人中间，用讽刺的语气）：你在演戏吗？你先告诉我你的名字吧。

加布里埃尔：我叫唐璜。

人们不失礼貌地大笑。

导演：啊，很好，很理解角色。

助手：你确切地要向我们表演什么？

加布里埃尔：正统派的角色。

助手：也就是……

加布里埃尔（戏剧性地抬起头）：这是可以表演的最漂亮的部分，伪君子的职业给人很大的好处。这是一门没有人揭露的艺术，即使被揭露了，也没有人会说他坏话。其他恶习会受到审查，所有人都可以公开批评那些恶习，但伪善，却不会，它不受惩罚。只需要一点装模作样，人们就会跟我们这样的人团结一致。谁指责他，就会被所有人反对，如果有一个真诚的心存善意的真君子，反倒通常会成为大家的笑柄，最终也直接沦为伪君子圈里的一员……

导演：停，非常好。抱歉打断一下，但这是莫里哀吗？

助手：看起来像。

加布里埃尔沉默无语，另一个女孩进入了大厅。

女孩：是的，看起来像莫里哀，但我必须告诉你们，我深受震撼。

导演：是吗？你也是？

女孩：是的，文字很棒。不过，如果他不穿这身十八世纪的服装，就……

加布里埃尔看着这服装，好像不明白问题在哪里。

女孩：我的意思是，你们想象他穿着普通，表演这段……莫里哀，对吗？（对鞠躬的加布里埃尔）好吧，在这个片段里，你好像在说……你们怎么看？

导演：在我看来，好像在社交网络时代。

助手：没错，精准。

第二助手：对不起，那条狗是你的吗？

我抬起头，看到一个短发女子对我皱着眉头，她重复道："对不起，那条狗是你的吗？"

她指着紧贴德国牧羊犬的罗比。两条狗都咆哮着，但是一位有一定年纪的先生用皮绳拴着牧羊犬，命令它停下来并试图驱赶罗比。

女人回到那个男人身边时，我放下笔记本，跳起来大喝："罗比！快到这里来。"

但是我的狗并不听话。天哪，它怎么了？它平时很温顺、很乖！于是我就这样大喊着，跑过去给它拴上皮绳："它是一条很棒的狗，从来不攻击别人，也不捣鬼！"

他反驳道："库尔兹也很棒。"边说边猛地拉回那条牧羊犬。也许吧，但它已经对可怜的罗比张开大嘴了，罗比给我的感觉是它受到了攻击。好吧，它是拉布拉多犬，不习惯打架，但它毕竟是一条40磅（约18千克）重的狗，如果有人胆敢取笑它，它肯定不会放过他！

"发生了什么？"我问，终于把皮绳拴在了罗比脖子上，将它拉回来，罗比开始哀号了。而另一条还带着攻击性在咆哮。

女人回答说："你的狗以为自己是公园的主人。"她提高了嗓门，一方面是为了压过犬吠声，另一方面是因为她说话随心所欲，毫不受语法约束："对某种狗最好不要放任自流。"

"你至少要看着狗。"男人插话，他的秃头从黑色皮夹克里伸出来。这个女人也穿着黑色的长裤和夹克，跟黑色的狗很相配。

我对罗比投去严厉的眼神，想着：但是真的有必要对抗这个男人和他夫人对库尔兹的看法吗？

我抗议："但是在这里它们是自由的。而且我只是有一会会儿分心了……"我真想咬掉我的舌头！说出来的竟是史蒂的"一会会儿"，甚至有同样的鼻音！

这位黑衣女子说："库尔兹都叫了很长时间了。"

"我们也大喊，你没有被钉在长凳上吧。"身着黑色皮革的秃头补充说，话中也有些语法问题。

我承认道："对不起，我没有注意到吵闹。"但那两个人困惑地看着我。

她说："确实有电车通过这里。"

我想知道她是在跟我开玩笑，还是对我做出的讥讽回应。但是她的脸很严肃，所以我按照她的说法，做了个修改："没注意到狗叫。"

"给你一个忠告，你必须给狗拴上皮绳。看在你是个小女孩的份上，否则的话，我们就会投诉你。"秃头男子威胁道。

那个女的赞许地看着他，仿佛他卖弄出一段令人难以置信的演说。"是的，没错。"她点头说。

"好，对不起。"我必须道歉。我没有看到，我无法捍卫自己，甚至无法保卫罗比。罗比有点疲惫，舌头几乎奄拉到脖子上，它拉着我向树的方向走。最后，它在这里排出了体内的所有脏东西。我知道这是恐惧与焦虑产生的后果。

"哦，上帝啊。"我低语，好像在寻求上天的帮助。随后发生的事情好像应验了我的祈求。我一边收拾它的排泄物，一边小声咒骂着，身上还微微出汗。在完成这些动作的同时，听到有人喊我："打扰一下，这是你的笔记本吗？"

我转过身，面前站了一个抱着吉娃娃的老先生，他颤抖着，另一只手里拿着我的笔记本。"哦，是的！是我的！"我结结巴巴地说，"但是……谢谢……对不起……"

"它在长凳上，我的福菲找到了它。"男人解释道。

"谢谢你，简直不敢相信……"

"瞧你说的，亲爱的。你让我感到安慰，你知道吗？丢三落四这种事情无时无刻不在我身上发生，你这样的年轻女孩也是如此……"

"谢谢，你看，你不知道……真的。"我一直喃喃自语，一只手拉住罗比，想用另一只手去拿笔记本，但同时还得拿着装了罗比便便的袋子。

这位好心的先生说："你先去把它扔进垃圾桶，我在这里等你。"

我跑过去扔了，气喘吁吁地回来，拿起笔记本，把它放进斜肩书包里，向他真诚地道谢。然后，我决定结束公园散步，跑回了家。

# 我遇到一连串的库尔兹

这样的一天之后只能是一个令人作呕的夜晚。当我进屋时，已经在准备晚餐的妈妈对我表示欢迎："你已经结束了吗？"喊声直接从灯火通明的厨房传到客厅。

我探出头，发现她在水槽前冲洗蔬菜，高压锅正在煤气炉上响着。

"你已经准备好吃的了吗？"我很惊讶地问她。

她告诉我："莫拉和罗兰多要过来吃晚饭。"

"那要怎么样？你现在才告诉我吗？"我很生气。

"抱歉，我应该什么时候告诉你？今天我们才和莫拉商量好的，对你有什么影响？"

"总而言之，你们可以吃饭，但我必须学习……"我用责备的语气反击。在这里，所有人都在密谋阻止我写加布里埃尔的部分。我觉得明天跟珍妮见面时她会杀了我。

"少来，别玩这套，米娅。自己一有需要，就拿学习当借口。"

"妈妈，我向你发誓，这是真的！"我真诚地为自己辩护。

这时，妈妈屈服了："我明白，好吧。不用担心，你不用做任何事情，我已经准备好了，你吃完晚饭就直接回你的房间，他们不会小题大做的……"

"也许我现在能提前离开。"

"罗比跟你一起去吗？"她指着盯着她乞讨食物的狗问道。她瞥了一眼皮绳，问我："手提袋呢？"

我张开手掌拍打额头，尖叫起来："我把它扔进了有机垃圾箱！"

妈妈皱了皱眉："怎么会这样，米娅？整个手提袋？还是新的！"

于是，我开始激动地叙述："我知道，我知道。但是……妈妈，对不起，但是有一条狗想攻击它，然后罗比拉粑粑了，一个吓人的家伙威胁我说要投诉……"

"在哪里？什么时候？"她试图打断我。

"在公园。妈妈，看……周围有些人，还带着猎犬！他们也声称那家伙是对的！那是一条恐怖的牧羊犬，名字叫库尔兹，多么荒唐。"

"库尔兹？喜欢《黑暗的心》①中的角色吗？"妈妈说，她突然被这个故事吸引住了。

我傻眼了："那是？"

"康拉德的《黑暗的心》，我们和我的小组一起表演过舞台朗诵，你不记得吗？"

坦白地说，我不记得，但我不好打击母亲对戏剧的热情，所

---

① 《黑暗的心》是英籍波兰作家约瑟夫·康拉德的主要作品之一，被认为是英国文学史上第一部真正意义上的现代主义小说，作者在这部作品中对人类文明以及人性这一主题做了深刻的思考。

以就说："可能，一点吧。是那个在黑暗里的舞台？"

妈妈和她同伴的所有表演都是在一片漆黑中进行的，四处只有星星点点的像墓地一样的灯光。这似乎是导演的风格。

她微笑着解释说："是的，没错，光是从表演者的脸下面打出来的。"她很高兴我还记得。她承认："但这是三年前的事了，你那时候还有点小，记不住这篇文章，它很难。"

我没有补充的是，委婉点说，她的小组选择的所有文章都很难。但是贝尔尼使用了正确的词，那就是：灾难。

"那位库尔兹是谁？"我提问，试图回到主题。

"关键人物！因为叙述者马洛出发去寻找这位凶恶的象牙贩子，他在非洲消失了，在那里变成了一个残酷而疯狂的宗师。"她说着，切断了菊苣茎。

"好故事。"我笑着评论。但是我要避免补充，或多或少地，我们正涉及妈妈的悲哀戏剧的恐怖类型。谁知道为什么……她一般情况下很开朗，喜欢跳舞，和朋友开玩笑，听流行音乐，但是当她把自己关进那家剧院时，她的悲惨灵魂却冒了出来。

"什么故事？"爸爸走进厨房，打断了我们，"嗯，闻起来真香！你做了什么好吃的？"

刚躺在厨房垫子上的罗比饿着肚子，有点因为公园大草地上邪恶的库尔兹的袭击而伤心，它急忙跳下来，向父亲打招呼。

当他拥抱它时，妈妈回答："很多东西。你知道莫拉是素食主义者，所以我正在做意大利餐，烤箱里有乳蛋饼……"

我补充说："故事就是库尔兹的故事。"他们忘记了该戏剧或小说的名称。

"谁？库尔兹上校？"爸爸睁大眼睛说。

"上校？他不是象牙贩子吗？"我指出。

"越南的美军上校。"爸爸反驳道，他的食指在空中敲打，仿佛指向一个看不见的字幕。最后，他以夸张的口吻评论："多么伟大的电影！"

"什么大片？那是妈妈的戏……它叫什么名字？"我朝着她问，她正弯腰检查烤箱中乳蛋饼的状态。

她面对烤箱回答："康拉德的《黑暗的心》。"

"是的，没错。"爸爸一边附和一边偷偷吃了一块小点心，把它一口吞了下去，"《黑暗的心》是小说……"

妈妈听到他吞咽的声音，转过身狠狠地瞪了一眼："你在干吗？你吃了？"

他道歉说："尝了一口。"然后立刻开启聊天，在他扫荡第二块小点心时对我眨了眨眼，"他们制作了一部疯狂的电影，一名军官正在越南寻找传说中消失了的库尔兹上校，结果发现他在那里变成了叛逆和凶猛的头目，半个疯子。"

"好吧，那不完全一样。"我有些沮丧地指出。

"当然不是。这不仅是电影，而且是部战争片，揭露战争的残酷和人类的疯狂。你知道吗？我甚至在高中时写过一篇论文。"他正要伸手去拿第三块小点心，却被妈妈逮个正着，她挥了挥手，像驱赶苍蝇一样，把托盘移到了冰箱上。

"瞧你说的。"我评论道，不是说我不相信他，而是说，看看吧，只是提到了一条狗的名字，就足以引出来多少东西。

"怎么，不相信？这部电影的原版、加长版都已经发行，我还写过一份关于战争的疯狂和残酷的完整报告。"

"这部电影这么有名吗？"我问。

爸爸翻了个白眼："一部神话。"

哦，那是他老套的说话方式。这意味着，是的，这是一部非常非常重要的电影，正如他想要证明的那样，是一部经典。然而，我对这部电影并不了解。因此才在小公园里，冒着风险让罗比受到丛林中的库尔兹上校的折磨。

够了，我得去写东西了！

我迅速回到我的房间，脑袋里两个库尔兹都消失了，一个在非洲，另一个在越南。而且我想，事实上，故事随处可见，而它们却在落脚的地方留下了种子，会使其他故事蓬勃发展。


## 为写剧本而谈起诱惑和杂技演员


终于回到我的避难所里了！我打开电脑，写下我在公园里起草的那部分，但还是不太令我满意。这个唐璜太像我在剧院里看到的那个人了，当时我妈妈拖着我去看她崇拜的演员——一个声音洪亮，在舞台上戴着假发哗众取宠的人，我甚至都睡着了！当然，加布里埃尔对古代服饰的这种痴迷增加了我写作的难度。还有保罗，出的什么主意！短片关十八世纪服装什么事？

幸运的是，晚饭后我想到了一个好主意。也许填饱肚子有助于思考，但这次的场景内容又一次由意想不到的客人提供给我……

**场景2　室内白天——剧院**

助手：你提到唐璜的事情是什么意思？

加布里埃尔：这是我的角色。我是主演。

导演（讽刺）：嗯，不过，说清楚就够了。

加布里埃尔：主角必须懂得如何吸引观众。诱惑就是一切。

剧作家：你是说在剧院里？

加布里埃尔：在剧院里，在社会上，谁不尝试通过魅力来达到自己的目的？那些知道如何以不那么无耻的方式做到这一点的人，我坚信他们有超凡的魅力，可以激发他人并注入能量。

剧作家：好一番高论。这是谁说的？

导演：肯定不是莫里哀。

实际上，我会拒绝。

是莫拉多年的男友、妈妈的朋友罗兰多在餐桌上发表了关于这个话题的言论，谈论了当前的"自恋"已经感染了每个人，无论漂亮还是丑陋、名人还是普通百姓。一时间，就在我们不让罗比出门时的那种凄凉气氛下，甚至爸爸都点了点头。也许他也很乐意呼吸新鲜的空气，因为罗兰多的哲学思想让客厅里的空气变得沉闷了，他把话题扯远了。

"纳粹主义以前是一种病，现在已经成为一种价值。"他在两口饭食之间的短暂空隙中强调这一观点。

我闷不作声，已经想象出罗兰多的话可能造成什么效果，他一直在说教："实际上……这就是事业，你猜怎么着？对，网络！他们魔爪下的、不可信的、恶毒的网络，社交网络！就是他们鼓励所有人以自我为中心。"传道士罗兰多在我们家的餐桌这个讲道台上侃侃而谈。

"但是，并不是所有人都……"被命中靶子的妈妈试图打断他，因为她有自己的脸书账号，时不时会在上面发一些和朋友喝开胃酒的照片。起初她也不太情愿，但是后来我给她开了账号，她也就接受了。

"我当然不，我拒绝！"罗兰多轻蔑地反驳，并继续用其他无可争议的权威支持自己的论调，"正如翁贝托·埃科[①]说的，每个人都认为这些社交网络很有趣，可以说出他们想说的所有废话，反正谁能阻止得了呢？于是就有了傻子的自由。"

阿门[②]。

爸爸试图调和气氛，也为了再喘喘气："罗兰多，你尝过这款酒吗？产自阿斯蒂[③]山地区……"

他点了点头，但粗鲁的性格和尚未完成的演说使他的语气变得恐怖："我们将看到所有关系的废止……"

"比如婚姻吗？"我实在受不了啦，打断了他。

他转过身来，仿佛刚刚察觉我的存在。对于罗兰多来说，我的地位还比不上罗比，他对罗比甚至都赞赏有加。他在问了我的上学情况之后，就不再搭理我了，我充其量就是个小女孩。

"对不起，这有什么关系？"他冲我低声说道。

---

① 翁贝托·埃科（Umberto Eco，1932—2016）是一位享誉世界的哲学家、符号学家、历史学家、文学批评家和小说家。《剑桥意大利文学史》将他誉为20世纪后半期最耀眼的意大利作家，并盛赞他那"贯穿于职业生涯的'调停者'和'综合者'意识"。除了随笔、杂文和小说，他还有大量论文、论著和编著，包含中世纪神学研究、美学研究、文学研究、大众文化研究、符号学研究和阐释学研究等。

② 阿门，意思是"但愿如此"，是犹太教、基督教祈祷时常用的结束语。

③ 阿斯蒂位于意大利皮埃蒙特大区南部，塔纳罗河上游丘陵地带，生产出的甜甜的气泡酒热销全球，被称为"小甜水"。

我耸了耸肩，说："你刚才在谈论人际关系，婚姻就是其中一种……并且有一定的重要性和责任。"我很清楚他非常反对结婚。实际上，我一提到"婚姻"一词，他就咬牙切齿。

"小罗，你不舒服吗？"莫拉尖叫着，她总是往最坏的情况想。

"不是，只是……咳咳！"他咳嗽时，好心的女伴（不是他妻子）急忙拍拍他的背部，同时焦急地问："对不起，卡拉，这个乳蛋饼里有什么？不会是奶酪吧？因为小罗对奶酪过敏……"

不，他对婚姻过敏，我想把这话说给他们俩听，但还不至于这么毫不留情。看到可怜的他咳嗽得如此痛苦，我去给他取来了止咳糖浆。之后，便偷偷溜走了。

"嗨，你在做什么？"新信息出现在屏幕的右上角，显然是珍妮。我们开始聊天。

米娅：我在工作。

珍妮：是吗？

米娅：什么"是吗"？我正在编剧本！

珍妮：啊，开始了！太棒了！

她安静了几分钟，而我在屏幕前摆出了一个沉思的姿势。是谁说作家即使站在那里凝视着窗户，也还是在工作（虽然看起来他无所事事）？好吧，这可能是特隆贝蒂教授喜欢的那些作者。

珍妮的信息再次出现在屏幕角落里。

珍妮：我有个想法！

米娅：什么想法？

珍妮：我想加一个杂技演员！也就是说，舞台上可能会有杂技演员在空中盘旋。

米娅：为什么要有杂技演员？

珍妮：因为我认识一个女孩，她在那些没有动物的马戏团里表演，她表演得非常好。我问她是否愿意在我们的电影中出演一个这种场景。

我哼了一声，写道：但是你怎么想到的呢？然后我删除并重写：很抱歉，但是难道在街上遇到的任何一个有一技之长的人你都想把他放到我们的电影里吗？我们做什么？才艺片？然后，我再次删除所有内容又写道：抱歉，你不能在增加角色之前跟我商量一下吗？

珍妮：你说得对！但是，当我眼前浮现出杂技演员在穿着十八世纪服饰的加布里埃尔头顶上空飞过的场景时，我都不禁沉醉其中。这难道不会令人印象深刻吗？

米娅：当然会让人印象深刻，但这意味着什么——我们该如何在故事里让她合理出现？

珍妮：这就由你负责啦，咪咪！你是个天才！

米娅：什么天才？我已经要写这部分了，我受到了唐璜的启发……现在你又要把杂技演员放进去！

珍妮：唐璜？太好了，他就是唐璜，帅哥就是帅哥，但是有点讨厌，你不觉得吗？

米娅：别告诉我……你已经讨厌他了吗？

珍妮：不，我是说，事实上加布里和我之间没有任何关系，所以我不会讨厌他。

米娅：事实上没有任何关系？但你成天挂在嘴上的都是他一切都很可爱，小心心……

珍妮：但人们经常这样做，这很正常！

在这一点上，我认为可怜的小罗并不全是错的……但是，不，我在说什么呢？消极的情绪袭击了我，那个爱生气的家伙。所以我这样回复珍妮。

米娅：也许他是在柏林开始努力的，因为他意识到你对他不再感兴趣了。

珍妮：但事实上我对他感兴趣。作为一名艺术家，他的才华是不可否认的，而且还很有名气。

米娅：所以，你知道吗？你是对的，我想出了一个把杂技演员加进去的办法。

珍妮：好样的，我的心肝宝贝！

米娅：求你了，快停下，拜拜了。

我相信珍妮是一位艺术家，她的直觉肯定比我的准。因为，如果杂技演员出现在舞台上，而她把唐璜骂了，那真是神来之笔啊！

## 场景3　室内白天——剧院

穿着唐璜的服装的加布里埃尔进入现场，他停下来欣赏一个穿着牛仔裤和T恤的女孩。

加布里埃尔：在这样的地方能遇到如此迷人的女孩真是神奇啊！

女孩（环顾四周）：你在跟我说话吗？

加布里埃尔：是的，没错。穿着这身轻薄的衣服，多么曼妙的身材啊！

女孩（吓了一跳，尴尬地笑了）：你在做什么？你是在开玩笑还是有意冒犯？

加布里埃尔：我开玩笑的，完全没有冒犯的意思，我美丽的姑娘。

女孩（翻白眼）：哦，天哪，这个人疯了。

加布里埃尔（靠近，急切地握住她的手）：我为你而疯狂。多么迷人的眼睛，多么诱人的身材！（单膝跪地）我的女神，我崇拜你。

女孩：你怎么这么说，抱歉？这是怎么说话呢？太糟糕了，因为你也很帅，但是我想你可能像马一样疯了。

加布里埃尔（低调而有说服力地）：一匹愿意被一位女神，被你——我可爱、美丽而残酷的女骑士骑的马。

女孩（很惊讶，好像在自言自语）：女骑士？

加布里埃尔（仰视着她）：从你的眼神中我可以看出，你喜欢有一点力度和难度的诱惑。我就是合适的人，我随时准备被这纤长的手指、红色的指甲和尖利的爪子虐待，我的小老虎……（亲吻她的手指，然后站起来，搂住女孩的腰）是的，我感受到你已经在为我——你的疯马、你的爱慕者的渴望而颤抖。你已经对我们可以一起玩的游戏着迷了，我是你的奴隶，你是我的女骑士……

女孩（语气变化，已经被征服了）：啊……有意思……甚至打扮成骑士的想法也不错……你喜欢十八世纪吗？

加布里埃尔（不管女孩说什么，他已经把她拉向舞台的侧幕）：跟我来，我们躲到那边去，我们会更舒服的……


上方，杂技演员荡着秋千出现了，穿着十八世纪的服装。


杂技演员：你以为你能去哪儿？叛徒！

女孩：这是？天啊，这家剧院里都有什么？

加布里埃尔（抬头看着杂技演员）：嗯……埃尔维拉！（转头，冲着那个女孩）别介意，她是个疯子。

杂技演员：唐——璜——!!!

女孩（打量在头顶上空盘旋的杂技演员）：我知道这是一个

普遍的事实。（冲着一旁，面向加布里埃尔）对不起，但这真的是个剧院吗？

加布里埃尔：是的，当然。我是演员，我是主角。（将手指伸向飞来飞去的女人，大喊）这是个狂躁症患者。

女孩（生气）：那么，你想干什么？（转身对着杂技演员）听着，对不起，嗯，但这儿不是在马戏团。我们正在为试镜排练……

杂技演员：什么试镜！你看，我认识他，我认识这个人！我知道他是怎么做的——说什么"跟我来，我们会更舒服的……"。这个敢做不敢当的胆小鬼！

加布里埃尔：够了，埃尔维拉，你没有权利这样对我！

女孩：她是谁？你女朋友？

加布里埃尔（耸耸肩）：我的女朋友？我告诉过你，她是个狂躁症患者。

女孩：也就是说她误会了，是这个意思吗？她曾经和你在一起，并且以为自己是你的女朋友？

加布里埃尔（高兴）：我喜欢这种坦率的讲话方式。漂亮，就是这样。不就是一次冒险、一次娱乐、一次消遣吗？

杂技演员开始旋转。

女孩（继续观察她）：她确实挺努力呢……

加布里埃尔：不要理她，我们继续聊天，你过来。

女孩（跟着他）：是的，的确如此。我们去玩吧。也许玩完焦虑就过去了。

杂技演员：喏，听到了吧？他已经把我甩了，让我变成了疯子。我是他的未婚妻，他发誓要娶我！但是在求爱过后，他就不喜欢我了，但现在的我已经爱上他了。他用遇到的所有女孩羞辱我，她们激发了他的本能……残忍、可恨的唐璜……他想让我死……

全景对准观众席。导演和两位助手坐在观众中间。

导演：要我说啊，非常好。你已经开始表演了，他们没给你开始的信号吗？

助手：高空秋千的点子很有趣。

剧作家：你在里面演什么？

杂技演员：我是埃尔维拉。

剧作家：啊，是的，当然，还有服装……（转向旁边，面向导演）他们都是受唐璜的启发吗？

导演（做了个嘴角朝下撇的鬼脸）：我不知道。

剧作家：还有服装……从哪儿弄来的？

导演抬起肩膀和手，表示自己什么都不知道。加布里埃尔气喘吁吁地回到舞台上，穿着一身有点皱了的衣服。女孩跟着他。

女孩（讨厌地）：说完这堆话以后，非常快……

助手（从观众席上，发火的语气）：谁叫你们进来的？

加布里埃尔：我们已经在舞台上了？

女孩（尴尬，朝观众席看）：对不起，你是导演吗？我很抱歉，这个人物……

助手：你是谁？叫什么名字？

女孩（拒绝回答，结巴）：嗯……我要走了，我一会儿再回来，就是表演我那部分的时候……（离开）

杂技演员在上面消失了。

加布里埃尔：好吧，他们走了。她们让我成为被奢望、被渴望、被喜爱的对象。她们想让我成为新郎、情人、爱人，为了满足她们的幻想，为了使自己变得美丽，为了让自己与众不同，因为她们在我这里看到了自己想要什么和我不是什么。为了满足自己的虚荣心，为了结婚，把我拉到她们身边去到处炫耀，对征服我而心满意足，因为她们成功地诱惑了诱惑者，玩弄了爱情的幻象，然后感到失望。但失望才是她们真正的愿望，也就是说她们期望并想要的是失望。在这一点上，我还真不会让她们失望。

导演：演得很好。有意思。

剧作家：没错，很有意思。可能会是角色的重新诠释？

加布里埃尔：一种宣泄。

## 肖恩想要和好，珍妮想要放弃

你好了吗？

哇哦，是肖恩！我在手机上快速输入：嗯，好吧，很抱歉。

肖恩：你真的很固执。如果我没有发短信给你，你就不会再出现了吗？他责怪我。

我看了下时间。天哪，已经十一点半了！我的父母为什么还没有出现呢？他们肯定是饭后一聊起天就忘了时间。

我：对不起。我在工作，你猜发生了什么？

肖恩：我知道。你在没有我的情况下继续工作。我怀疑你想甩掉我。

他没有抱怨，发了一个笑脸。这时候，我打电话给他。我一听到他叫我"米娅"，就立刻释怀了，伤感地说："对不起，亲爱的肖恩！"

"我不知道，你告诉我……"他甜蜜地回答，"你造成了一个可怕的场面，然后就消失了，一直沉默，直到我发短信给你。

你能告诉我，我做的那件事真的很令人讨厌吗？"

"完全没有，就是……"经历了写剧本和下午发生的许多事后，原本我已经从那种痛苦中缓慢抽离出来了。但此时，我重新感受到下午尝到的嫉妒的痛苦。"简而言之，我的意思是和那个虚伪又粗俗的女的在一块的人是傻子……"

他叹了口气："我不相信。你生气就单单是因为我和一个女生说话了吗？这就是我极其严重的错误吗？"

突然，我觉得很荒谬。我试图为自己辩护："可不是随便哪个女生。她是托妮的朋友，她们是两条蛇，她们在牛奶店威胁我，说会让我付出代价……所以，她们利用你达到了目的。"

"啊，你是说她们利用我让你生气？"他笑了，"借刀杀人？"

我突然笑起来，终于！我感觉好像压力都被释放了，说："我觉得她真的有意为之，并不是每天都有这样的机会逮到你这样的人！"

肖恩乐疯了，他大喊："太棒了！我的梦想是：被女孩们争夺！"

除了笑，我什么都不想做，仿佛大笑的机器已经启动，而且不能停机了。我说："别装得很谦虚，你就像超市肉制品柜台里的一块肉，有很多排着队的追求者，她们都想要你的手机号码。"

"谁？你不会要说朱丽叶的小伙伴们吧？实际上我很快就接受了她们。"

我当然不能和他妹妹的朋友——十岁的小女孩们争风吃醋。她们真的把他当男神。我们互夸了一会儿，为的是提醒自己我们彼此相爱。等大笑机器停机后，肖恩问我："你在写什么？你是准备把它发给我还是希望给我一个惊喜……或者你想一个人继续写？"他的声音中不带任何情绪。他说话的口气好像我的选择对他来说真的无所谓。

"我不太确定文本。我在写这个剧本主要是因为珍妮向我强调，她说加布里埃尔马上需要这个部分，她说他要走了。"

"啊！"他回答，想了一秒钟，"她已经以一把手自居了吗？"

"好吧，他是主演，珍妮差点吓坏了……"

"是电影把她吓坏了，不是加布里埃尔。她遇到什么事都很激动。我不明白她为什么坚持要做这个，这对她没有好处。"他以平静又温柔的语气说。

我多么希望他在这里，我能抱着他，我们舒服地聊天！有时候，手机太让人痛苦了！我站在那儿，头戴式耳机挂在耳朵上，一边看着屏幕里肖恩的照片，一边捍卫珍妮的选择："是的，但所有人都是这样。你或我在写东西上也不是没有任何问题，你不觉得吗？"

安静。严谨的肖恩可能正在进行他那费神耗力的科研以准确地设定自己的世界，而不是创造完整的故事。即使故事是对未来的预测，他也无法忍受完全脱离现实的荒谬故事，更不要说他在写短篇小说《太空游戏》期间有多么担心了。他参加了比赛并获得了第三名，因为评委会是些典型的热衷于"强势"主题文学的教授，最后获得一等奖的是一个关于坦白忏悔的年轻黑手党的故事。

"我的意思是，也许她表现出了太多的焦虑，因为这个项目涉及很多人，尤其是一位著名演员。"

说到这点，肖恩重新活跃起来，哼了一声，说："哟，名人！你和珍妮着迷于这个故事，你们是上了名人瘾啦。"也许是不想激怒我，在我抗议之前，肖恩开玩笑地说："哇哦！洛奇的精彩演绎，家庭律师的儿子！"

我笑了："你看，他正要去柏林拍摄电影，这显然是一部国际电影。"

"Wow! Rocky, the family solicitor's son!（哇哦！洛奇，家庭律师的儿子！）"他用英语又说了一遍。

我们一起笑了出来，我再次感受到思念的痛苦："肖恩，今天的事我很抱歉，我当时很粗鲁无礼。可能我太在乎这部电影了。这在别人看来是一件很容易、很有趣的事，但是在我看来，一个真正的挑战正在来临，我不知道我们是否有那个水平……这么说吧，我不知道我是否能成功。"

"别这样，亲爱的，我们不必写出《哈利·波特》那样的传奇！这是个短片，想法已经有了。"

"我觉得想出一个短篇故事不是件容易的事。"我发牢骚，"它必须有良好的节奏。在长篇故事中，你可以加入许多场景、人物……"

"加油，别灰心。你写了一整晚，多少写出来点什么东西了吧。"他安慰我说。

"我正在将文件发送给你。如果很糟糕，就不要告诉我了……如果它还有救的话，请告诉我，还有什么地方需要修改。我答应过珍妮，会在明天早上交给她。要不我给她发短信说她会在午后拿到它，你觉得呢？反正我们上午都在学校……"我在焦虑中组织着语言。

肖恩打断我："嘿，米娅，别担心。我相信事情会进展得非常顺利。"

我爱他，因为他对我的信任，还有他给予我的安全感。


第二天早上，他给我发消息：为什么要有杂技演员？

是的，我没有向他解释我朋友最近的荒唐事。她决定来我这里共进午餐，讨论"工作进展"。我敢肯定的一件事是：自从珍妮成了导演，就开始使用一种非她所用的语言……不知道是因为学习了这种语言，还是像我所怀疑的那样，受到某些主人公是蛮横女经理的电视剧的启发，她们为了制作成功的产品而虐待下属。

"所以……"珍妮以这种新的高效语气开启了话题，"舒已经为我准备了一个电影制作时间表。"

"好，是什么样的？"我一边把昨晚的残羹剩饭放进微波炉加热，一边问。

"那是什么？"她指着盘子说，带着担忧的表情。

"面筋春卷。它们虽然卖相不好，但味道还不错，相信我。"

"我只吃千层面就够了。为什么没有酱汁？"她总是以那种不可爱的态度审问我。

"因为莫拉来了，妈妈把所有菜都做成了素的。"

"那个忧郁派画家？"她问，但是这次我不想笑。可怜的莫拉！说她忧郁是不对的，相反，有时候她也很快乐。如果我们说她画的东西有些阴沉，但是就像妈妈把悲哀的东西搬上舞台。它们散发出艺术气息。

"她并不忧郁，她跟我妈妈是非常要好的朋友，对我一直都很好。昨天她送给了我这对耳环，看。"

珍妮带着批判的眼光说："很老旧的风格。"

我认为，我们正在迅速走向一场吵嘴。还好，微波炉响了，我们专注于食物。

"这个千层面很好吃，好像有我奶奶做的白汁。"珍妮最终承认了，而不是恶意抹黑。这样的话，我终于可以让她做一些解释了。

"听着，告诉我一些关于这个杂技演员的事情，还有为什么要让她参与这个项目。"

"啊，你看，她是一个不可思议的女孩。"她的眼神发亮，"我通过米莫认识了她。"

"咱们的音响师米莫？"我问她，强迫自己从惊讶中恢复过来。她给了我一个肯定的回答："你以为我认识几个米莫啊？"

"珍妮，别告诉我！"

"对，就是那个。"她笑着说，"我们见过几次面，第二次我们和他的那些非常厉害的朋友出去，其中就有杂技演员佩特拉。这很不可思议，不是吗？"一连说了两个"不可思议"，这意味着珍妮绝对被她吸引了。

"相当不可思议。"我说，"但这是她的工作吗？"

"不，她还不是专业人士。她和我们一样大，不过在她还是小孩子的时候，就一直表演空中飞人。总之，这是一个非常坚强的女孩，你不觉得吗？因此，我和米莫，我们认为让她加入电影拍摄是一个好主意。"

我僵住了："那是说……现在米莫对电影情节也有发言权？"

"不是！你为什么马上就反感了？"珍妮连忙反驳我，试图把这件事化到最小，"我们把这件事当作一个想法在讨论，无论如何，我还以为你喜欢它，你告诉我你已经在工作了，甚至关于……"

"不，不，等等。"在谈起加布里埃尔的角色之前，我拦住了她。"你和米莫在一起了吗？"我毫不客气地问。

她睁大眼睛，手指像朝鲜蓟一样握成拳放在胸口上，为自己辩护："你觉得，这种事我难道不会第一时间告诉你吗？"

"你还没有回答我。"我毫不留情地指出。

"不是，嗯，还不是。"

"'还不是'是什么意思？"我问她。

"我们还没有接过吻。我们只是一起出去了几次，一次去牛奶店，两个人聊了会儿天。你知道人们通常都是怎么试探对方的吧……"

"两天内出去两次？第二次还和佩特拉，还有他的朋友们一起？"我追问。

她毫不在乎地耸了耸肩："他邀请我和他的朋友们一起去喝开胃酒，这挺有意思。你知道，我从来没有喝过开胃酒，因为我妈妈严格禁止酒精，她不知道有无酒精的开胃酒……"

"好，好。然后呢？"我像个警官一样追问她。

"为了让你了解他，米莫不会拒绝带你出去，他会给你介绍其他人，还会通过跟你聊天来加深对你的了解……总之，他非常友善，特别温柔。"

好吧，在我看来，还不至于达到"特别温柔"这个程度。

"珍妮……那加布里埃尔呢？"我把她带回了重点，也就是那个激起她心中投身电影的强烈欲望的人。

她重复着"加布里埃尔，加布里埃尔……"，好像在寻找一个定义。"他很有才华，无疑是最帅的，很善良，但是……"她盯着我，"我是说，你明白吗？"

"明白什么？"

"别这样，好吧……他只关心自己，很自负。但是，当他穿上戏服时，你看到那个场景了吗？所有人里最狂热的是保罗……我发现加布里埃尔称他为小保保。懂了吗？他有个昵称！"

我迷惑地重复说："小保保。"

"是的，小保保好一通赞美了他：帅气，完美，性感……他在那里晒太阳，因为他期望的是成为关注的焦点，得到欣赏。他当然没有时间在酒吧里和朋友闲聊。"

"好吧，他是一个演员，"我理所当然地反驳，客观地指出，"你认识他的时候他也是这样的，你当时也对他好一通恭维。"

"是的，当然。但是到某个时候你也会感到厌烦，不是吗？之前只是小游戏也就罢了，但是现在如果我们决定拍电影，而我为他提供了演主角的机会……"

"等等，你给加布里埃尔·马丁提供了一个机会吗？"我问，因为这里的一切都被颠倒了。

"当然，"她宣称，对自己的话非常自信，"我是导演和制片人，不是这样吗？"

"但是从一开始，你就说这是有明星参演电影的唯一机会。"

"对不起，米娅，你现在怎么在护着他呢？我以为你并不觉得他很好。"

确实是这样。我从未对加布里埃尔抱有过多情感，也从未觉得他很迷人。但是现在……你们真的要我全都说出来吗？好吧，我直接对我最亲爱的朋友珍妮说，她必须知道我的感受："我觉得有点遗憾，因为他付出了很多努力，不但信任我们的项目，而且亲自参与进来。前几天他在试镜的时候表现得很好，满足了所有想跟他合影的女生的心愿，还为她们一一签名……"

"因为他喜欢。"她严厉地反驳。

"好吧，但这对他来说也许就是浪费时间：与不是专业人士的我们在一起。你有没有看到他是如何给米歇尔和你帮忙的……"

她盯着我，压低了下巴，视线越过她的眼镜框："米娅……加布里埃尔对你做了什么？他迷住你了吗？"

我挥动一只手表示抗议："不是！抱歉，但是你不是很喜欢他吗？而且他好像对你感兴趣。"

"是的，好吧，我们是一见钟情。但你知道吗？如果不是那件事的话……"她开始哲学化，"毕竟，一见钟情可以推动像我们这样的项目，且不需要任何更多的参与。"

"更多的什么？你告诉过我什么都没有。"

她耸了耸肩："实际上，我不认为我是他喜欢的类型。"

"啊，你是说……"

"没错。我之所以打动他，是因为我是一个简单的女孩，以及我有清楚的思路。"她宣称，但在后一点上，我有些怀疑。她改变了表情，调皮地补充道："我认为他喜欢的类型另有其人。"

"啊。"

我们沉默了几秒钟，然后我们看着对方，突然大笑起来。在这里，我的大笑机器重新启动，无法刹车。

## 谈论爱情

但是为什么是杂技演员呢？肖恩明确地问我。

我：因为珍妮结识了一个杂技演员，并且非常渴望把她放到电影里。

肖恩：如果她认识一个撑竿跳运动员，我们也得把他放进去吗？

他很幽默，但是也许是对的。同意把空中飞人放到电影里可能是我太过自满了，即使我觉得角色从高空降落的想法不错，尤其是因为唐璜和埃尔维拉都是鬼。

肖恩：为什么是唐璜？

我：因为那个人想穿十八世纪的服装，他喜欢这样，所以我们满足他。

这种短信交流是今天早上进入教室之前进行的。课间，肖恩径直走进我们班，拉着我的手，匆匆把我带到无障碍卫生间。

我尝试着开始说："你没有告诉我你是否喜欢这个部分。"我承认，我对自己的事情有些专注。这真的不是时候，不是吗？

他回答得很完美："我喜欢你。"

他喃喃自语道，亲吻我的头发，紧紧地抱着我。哦，老天！他让我很清楚地知道他昨天想我了！

"你发誓我们不会再吵架了。"我小声对他说。

"这不取决于我。"他一边说一边抱着我倚在墙上。

我感到全身发冷，但这不是因为瓷砖结冰。肖恩不停地亲吻我。那一刻，卫生间不好的气味，难看的瓷砖，霓虹灯光都消失了；伴着课间拥挤的走廊上走路和喊叫的声音，学校本身也消失了；时间消失了，我被亲吻的永恒瞬间吸引，我的烦恼、忧虑，所有小念头都消失了。面对被肖恩拥抱和拥有他的愉悦情感，面对他喃喃地叫我名字，我的思想退缩了。

可怕的铃声打破了咒语，迫使我们迅速恢复正常然后悄悄地离开，我向东跑，他向西跑，奔向我们各自的教室，甚至没有花一分钟聊过加布里埃尔的角色……也没有谈论昨天午餐时珍妮提出的要求。

肖恩记得他的承诺，他陪我坐公交车送我回家，告诉我文章本来还不错，但在试镜中加入一位著名喜剧中的古代人物对他来说似乎很好笑，虽然从效果看，加布里埃尔演得很好。

"好笑是什么意思？是行得通吗？"我怀疑地问。

"是的，很有意思。但是你知道吗，米娅？这是电影。演员们要成为主要的传播工具，他们必须做得漂亮。"

"我理解……但是你认为这部分对加布里埃尔来说合适吗？"我坚持问，因为这里涉及我作为作家的声誉！

"会非常精彩，你等着瞧吧。"他结束了谈话，因为我到站了，而他不得不赶上回程的巴士，以免回家太晚。

我昨天平静地与珍妮共进午餐，珍妮做了解释，也阅读了作品。

珍妮的反应让我很高兴！她看了稿子，笑了，很有触动："这太棒了，咪咪！你把所有内容都加进去了，太好了！这会是一部成功的作品，太棒了！"简而言之，她疯狂地赞美，还告诉我她知道会出来一个"伟大的作品"，因为她有一个天才女友。

作为总结，我坦白地告诉她："这是你的错觉。你拿着剧本，把它交给加布里埃尔，让他准备拍摄场景，因为他不久就要离开。"

"我也可以给米莫看吗？"她问，她尖叫着抬起手臂挡住脑袋，好像是为了保护自己免受什么打击。

总之，在我看来，事情到这里已经结束了，然而……


嗨，我是加布里埃尔。我们能见面吗？一串陌生的号码出现在我的屏幕上。

显然，我没有加布里埃尔的手机号，是珍妮一直跟他保持联系。

当然。你读过那部分了吗？我马上回他。

加布里埃尔：我想和你谈谈这个，可以吗？

对我来说听起来不太好。我担心他会抱怨，会让我改变一些东西，也许他会告诉我："你写了一连串的蠢事和废话。"

我：好的。在牛奶店见吗？

加布里埃尔：抱歉，我去接你。珍妮给了我地址，你介意吗？

我重新看了一遍信息。他怎么接我？珍妮为什么把我的家庭地址给他？

我：我们不能在某个地方见面吗？我再次试着问了一遍。

加布里埃尔：对不起，我坚持这样做，我想避开人们可能认出我的地方。

嗯，是的，毕竟他是电视明星。好吧，那一个小时后？

加布里埃尔：我不会按门铃，一个小时后我会在那里。

就这样，一个小时后，我和快乐无比的罗比一起离开了家。为什么不呢？我想。加布里埃尔也没有告诉我不能带任何人，而且我不知道他的车要开到什么地方去，这一点令我不悦。罗比是条善良的狗，但始终是我忠实的守护者。

　　总之，我正带着拴着皮带的狗站在我家门前，看到来了一辆跑车，它又黑又亮，好像刚从经销商那儿开出来似的。"不可能是这辆！"我告诉自己。但就是它！

　　加布里埃尔戴着墨镜，头戴黑色滑雪帽，帽边拉到额头，看上去容易引起所有人的怀疑。实际上，罗比（通常情况下很善良）已经开始狂吠。

　　加布里埃尔没有下车，他给我打开车门，恼火地问："还有条狗？"

　　罗比咆哮了一下，肯定是在回应。我一边安抚它一边回答："是的，对不起。但我不得不把它带出去。"

　　"我把它放在哪里？没有后备厢。"

　　"哦，好吧，如果我们不去太远的地方的话，罗比可以坐在后座上，它特别乖。"

　　"但是这车没有后座。"他越来越生气。

　　"对不起，这是什么车？"我问。

　　"保时捷！"他回答，对我的发问感到震惊。

　　就算我知道是什么车，但是没有后座或后备厢的汽车有什么用？车停在道路中间打着橘色的闪灯，有人在骂声中开车绕过它前行。

他妥协了："好吧，你赶紧在交警过来前上车吧。"

罗比第一个上车，把前排座椅和踏脚的空间占了一半，剩下的空间已经很狭窄了。我钻入车内，将自己贴在门上。说时迟那时快，加布里埃尔像火箭一样起步，惊得我跳了起来："嘿，你怎么了？"

"这辆车只能以一定的速度行驶。"

但是，这是一辆智能车，不是吗？罗比和我都像沙丁鱼一样被挤在比奶奶的车还小的车厢里。

加布里埃尔左摇右摆地开着，害得我们在车里左摇右晃，只在红绿灯前才被迫停车，马达却还在不断轰响，我祈祷着出现一个道路巡逻队能立刻阻止甚至扣下他。汽车突然在打开的门前停了下来，进入了一个地下车库。即使我们直接停进蝙蝠洞，我也不会感到惊讶。可我们偏偏在一个普通的车库里。加布里埃尔停好车，又小心翼翼地出来，还不摘下墨镜。真不知道在这里谁能看到他，他很偏执。我无数次庆幸自己带了罗比出来，但是罗比跟我相反，因为它又一次待在封闭的环境里，它像在电梯里一样发出由叹息和微弱的呜呜声组成的抱怨。

"它有事吗？它要大小便？"加布里埃尔生硬地问我。这是他自从我上车以来第一次开口。

"不，或者可能是吧，但是它知道等着。但是，你介意告诉我为什么问都不问就把我带到这里吗？"我开始进攻。他哪儿来的这种权利，如此对待甚至都不算朋友的朋友呢？这个傲慢又专横的家伙是什么东西！

我家的电梯总是发出刺耳的吱吱声，而且只要有人没关电梯门就经常停在某些楼层上。这里的电梯安静地到达了楼层。它没有门，滑动的钢板发出很小的沙沙声。

加布里埃尔没有回答，手里已经拿着一把钥匙出了电梯，打开防盗门，领我进去，再关上门。他最后松了一口气，摘下了墨镜和黑帽："我很抱歉，米娅！实际上，我真的非常感谢你的理解。"

"什么理解？我真的不怎么理解。"我说，而罗比在嗅着新环境。我们在一个明亮的小公寓里，几乎没有家具，只有贴墙摆放的灶具像刚从商店里买来的样子，还有一个巨大的草莓红色的沙发。

"我知道，但我无法通过短信向你解释，也不能给你打电话，因为我几乎一直都在录音室里给动画片配音。"

我大声说："啊，那没事的。"并为他说话态度的转变而感动。

"我能用什么招待你吗？你知道的，没有多少东西，这是我放作品的公寓，有点普通。"

"嗯，当然。"我抱怨。罗比正在环顾四周，到处闻一闻。

加布里埃尔看了它一会儿，说："你觉得它有什么感觉吗？"

"不是的，它在新环境中总是会这样做……抱歉，它应该感觉到什么？"

此时，加布里埃尔精疲力尽地躺在沙发上："我被一个盯梢者缠上了！"

"天哪！这就是你开车飞快，还要戴墨镜的原因……"

"聪明。有个疯女人到处跟着我，在车上给我留小纸条，要不就在邮箱里放花，因为她认出我了，即使门铃外面并没写什么东西……"

"你说得对！"我不安地大喊，"这持续多长时间了？"

"从试镜那天起，"他心烦意乱地向我解释，"这太疯狂了，以前从未发生过。用这种方式暴露自己可能是一个错误，我不再是个普通人了。"

"我不是要贬低你的角色，可我姨妈也有她的骚扰者。"

"啊哈，是吗？"很明显，他不在乎我的姨妈和她的骚扰者，"好吧，这真的很疯狂，她什么都不怕。她站在房子前面……等等！"他跳了一下，从窗帘后面看向街道："她不在那儿！我今天成功甩掉她了。"

"就是说，她站在那儿，她要做什么？"

"等我出去。第一天就这样了。我出去吃早餐，我看到这个女的站在那儿，对我微笑。我甚至都不认识她，而她走近我，问我：'你不认识我吗？'我问：'我们在哪里见过吗？'因为她不是一个熟悉的面孔，而我遇到过很多人。她对我说：'昨天，在试镜的时候。'我说：'啊，你在这里做什么？你住在这儿吗？''不，我是来找你的，'她说，'我可以陪着你吗？''但是你知道，我要去吃早餐。''我请。''不，没关系……'她像虱子一样紧贴着我，当我想要跟她告别时，她说：'你不邀请我上去吗？我会做你想做的事。'"

"啊哈。"在整个这一大段后，我回答。加布里给人的印象是他甚至没有喘气，现在他正在恢复正常呼吸。我问："你让她上来了吗？"

他提高声音："不，当然没有！一大早，说什么呢，你拿我当什么人啊？一个会扑到你身上的人，她绝对不是我的菜……还好，我还有个工作约会，所以我把她丢在那儿就开车走了。前天晚上我回来的时候，发现她站在那儿，身穿一身黑色皮衣，向我打招呼。我不理她，我打开大门，她到车窗边，冲着我敲，我打开一道缝，她说：'如果你愿意，我来你家，我会给你按摩，还会为你做其他事情。''不，谢谢。'我非常冷漠但是很客气地说，因为我不喜欢伤害女孩。早上我去取车，我发现这张纸条上面写着'祝你有美好的一天，亲爱的'。但是亲爱的是谁？"

"你明白的。"我评论，即使你们不明白，"小纸条你留下了吗？"

"当然没有，我把它扔了。这让我很生气！"

我重申："你原本可以把它作为跟踪证据交给警察。"

但是他愤怒地举起双手，抱怨道："哪位警察？你可以想象，一张纸条，上面写着：'祝你有美好的一天，亲爱的'或者'记得我爱你，我会时刻想着你'……"

我指出"她已经疯狂地坠入爱河了"，但我已经知道，即使在加布里埃尔脱口而出之前，他的回答将是："疯狂，你是对的：她疯了！"

"我认为演员身上经常发生这种情况，对吧？"

"到现在为止，没有。"他摇了摇头，然后振作起来，"所以我说我要去柏林，消息就这样传开了。实际上，我是去瓦尔卡莫尼卡①的父母那里住一个月，然后看看再说吧。"

"那你为什么告诉我？"我问。

他改变了语气，表情变得柔和，甚至把手放在胸前，有些伤心地告诉我："因为米娅，你是唯一懂我的人。你写的那篇关于唐璜的文章非常完美，这完全就是我的感受。每一个字，就像你已经读过我的内心。"

———————————

① 瓦尔卡莫尼卡是意大利著名的石雕画廊，位于意大利北部伦巴第区的阿尔卑斯山峡谷之中。在这个长达70公里的峡谷中的2400块巨大岩石上，共有14万幅内容极为丰富、意义十分重大的石刻画。

"非常感谢。"天哪，我真的很困惑。

"不，真的，这不是夸奖。那一段，看，我已经记住了。你想听吗？"

也可以不用，我想这样回答，但是……可怜的加布里埃尔，他承受着巨大的压力，如果我能通过成为他的听众而让他开心几分钟，那有什么不好？于是，我坐在沙发上，罗比立即坐在我旁边。

加布里埃尔专心致志，没说什么。他背对着我几分钟，然后转身带着悲伤的表情，用浑厚的声音背诵了我写的那段文章：

> 好吧，他们走了。她们让我成为被奢望、被渴望、被喜爱的对象。她们想让我成为新郎、情人、爱人，为了满足她们的幻想，为了使自己变得美丽，为了让自己与众不同，因为她们在我这里看到了自己想要什么和我不是什么。为了满足自己的虚荣心，为了结婚，把我拉到她们身边去到处炫耀，对征服我而心满意足，因为她们成功地诱惑了诱惑者，玩弄了爱情的幻象，然后感到失望。但失望才是她们真正的愿望，也就是说她们期望并想要的是失望。在这一点上，我还真不会让她们失望。

我张着嘴看着他，甚至不知道这些文字是不是我写的。他可怜的表情和动人的语气，在我看来，它们属于他发自内心的自然而直接的东西。

笨蛋，肖恩是对的。电影是由演员传递的。

## 我们同意进行实地考察

必须承认，舒知道她的职责！她在名为工作人员的微信群里，召集我们所有人在星期六下午三点集合，前往她努力找到的两个剧院进行实地考察，不得以任何借口不到。她的动作真的很快！

试镜后，我们讨论了一些关于合适的拍摄地点的事情。有了这个故事（嗯，我还在整理），我们必须确定一个剧院，也许是一个小剧场。这是我在笔记本中记录的讨论，用来做对话练习：

保罗：你已经考虑过场地了吗？

珍妮（吓了一跳）：当然！在一个剧院里拍。

保罗：很好，哪一个？你已经联系好了吗？

珍妮（与米娅交换了一个惊恐的眼神）：差不多……就是，可能是我家附近的教堂……

米歇尔：可能是还是就是？

珍妮：抱歉，你不能不指出来吗？可能的。我认识那里的神父。

　　保罗：好吧，但是你最好马上问他。不要好像，你要知道，教堂非常令人垂涎，不仅可以用来舞台表演，还能在那儿召开会议、生日聚会或者洗礼、慈善晚会……（他摇摇头。）

　　肖恩：你说得对。我们最好立刻就行动起来。

　　舒（有效地）：所以你负责这件事，珍妮？然后告诉我？同时，我会确定其他可能的地点，这样我们就可以在它们之间做出选择。

　　珍妮（有点放心）：对，非常好，你查一下，同时我问问唐·彼得。

　　米莫（插入其中）：如果仅在室内进行，那直接拍会更容易。

　　珍妮（笑）：会吗？

　　米莫（从额头上抬起一缕鬈发，露出非常漂亮且调皮的眼睛）：就像在剧院里一样，直接录制，而不用后期配音，配音要花很多时间，而且还需要多一条声道。（意大利语不是他的专长，显然这是米娅的笔记。）

　　米歇尔：对拍视频来说，技术问题也更少。光线和镜头都更稳定。

肖恩（皱着眉头）：这是你说的。你知道《鸟人》①吗？整部影片全都在剧院内拍摄，但却有惊人的相机运动以及灯光变化……

保罗（热情）：我喜欢那部电影！

珍妮（非常担心）：我没看过《鸟人》。

肖恩：找到然后下载一下，甚至可以租了看……

舒（拿着手机打断他们）：伙计们，咱们怎么约定？我们约在下个周六吧？那一天，我们必须至少找到几个要考察的地点。

珍妮（烦死了）：应该我来说这话，你不觉得吗？

舒（非常冷静、微微地微笑）：你实际上是这样说的，只是没有指明日期，所以我就指定一个日期，但是如果你愿意就变更嘛……只是我们就得往后推延，而我想确定一个准确的时间表。

珍妮：这个时间表是什么……就是说，我们什么时候做时间表？

舒：马上，这对完成电影至关重要，否则……（一次抬起一根手指，从拇指到中指）一、我们一事无成；二、我们走进死

---

① 《鸟人》是一部喜剧片。影片讲述一个过气的超级英雄演员，试图借百老汇重返事业巅峰的故事。2015年，该片获得第87届奥斯卡金像奖最佳影片、最佳导演、最佳摄影、最佳原创剧本奖。

胡同，也许连拍一个半分钟的短片都成了奢望；三、我们浪费了时间。

肖恩（笑出声）：厉害！基本上是一码事，就是一事无成。

舒（非常认真）：因此，即使在今天，我们还是会浪费时间。最终我们每个人都不会觉得自己参与了一个具体的项目，也许还会要求报销费用。

珍妮（震惊）：你在说什么？跟钱有什么关系？

加布里埃尔（从沙发上起来站在一边打电话闲聊，似乎没有听这场讨论）：事实上当然有关了。我们在这里制作一部电影，然后将其交给我们想要参加的重要比赛，但是如果变成白费时间，那就要付出代价。

肖恩：算了，不要乱说。

保罗：不，肖恩，加布里埃尔是对的，这是一种激励所有人好好做事的方法，尤其是珍妮要控制好团队工作的节奏。

希拉（到目前为止，一直在一边听一边若有所思地揉着橡皮擦）：换句话说，我的材料也有成本，现在保罗因为和你们的友谊付了钱给我，我不知道你们有没有意识到保罗的慷慨承受了压力。（米娅逐字逐句地记录，包括错误——米娅的备注。）

保罗（做了一个关掉打开的开关的手势）：算了，希拉，我们待会儿再谈这件事……

珍妮：真的？保罗……

保罗（略微摇摇头，睁大眼睛）：没什么……

米莫（耸耸肩）：嗯，今天我很开心，我没有花销，材料来自工作室，我正在学习。

珍妮（立刻转向他，带着微笑的脸和长笛般的声音）：谢谢你，米莫。

米歇尔（立刻点明了这一点）：所以我想制作这部该死的电影并把它送去展览。

珍妮（皱着眉头）：你最好闭嘴。

加布里埃尔：不管怎么说，舒说到了重点。那就是，如果我们尊重时间，找到场地然后各自忙碌，我们会将电影送到威尼斯国际电影节。

珍妮：米娅，你什么都不说吗？你在写什么？

有点像舒和米歇尔所担心的，她通常的否定性推测被证实了：被珍妮询问的唐·彼得说，他非常遗憾，无法为一群小朋友提供剧院拍摄场景。显然，他以一种非常专业的方式打开了计算机，向珍妮展示了属于该教区200个协会密密麻麻的活动时间表。实际上，小剧院的预订从现在直到下个圣诞节都排满了（也就是十个月后）！但是，如果我们想早上六点钟去（只能在周一到周五，因为之后剧院就要为周日礼拜或婚礼进行装饰），唐·彼得可以破例对我们开放。

珍妮真的很沮丧。但是她还是不知道舒的固执。舒进行了周密而广泛的调查，发现了一个意想不到的数字，郊区甚至乡下有40家剧院，其中一些可以容纳50名观众，所有剧院都有舞台和灯光系统。如果我把这事告诉妈妈，我想她会很兴奋，并会立即提议率领她的团队去参观，他们的演出通常都是在改为非宗教用途的设备落后的老教堂大厅里。

我甚至想到要问妈妈，但我不想让她过问我的事，可想而知啦！在剧院里拍的电影！她会立即跟她的导演朋友说这件事，并且如果知道我是受唐璜的性格启发，她还要精疲力竭地追问我们在拍什么、我在写什么。不，不，最好还是不涉及妈妈和她的"地下"剧院吧，再说那个大厅看起来什么都像，就是不像剧院。

我记得罗莎姑奶奶去过一次，她困惑地问道："舞台在哪里？幕布呢？啊，就这些椅子吗？没有扶手椅吗？休息室在哪里？好吧，如果是这样，我还不了解现在的剧院。"

在这里，我们所缺少的只是观众不知道试镜所设置的环境在哪儿，并且需要字幕来解释"剧院"。

总之，在去除掉那些改造成餐厅、商店、仓库、前文化电影院和市政剧院的建筑之后，舒最终找到了两栋私人建筑供未来几天使用。好笑的是，它们位于城市两个相对的极点，好像两个前哨一样。无论如何，我们都被要求这个周六去看看这两处，并决定哪一处最合适。

舒、珍妮和我之间还进行了一次关于"租用"时间的讨论，这个讨论分为三部分。

---

舒：我们要用这个剧院多久？

珍妮：一个下午。

舒：确定吗？包括化妆、换装、调试灯光等？

米娅：如果是星期天，我们可以工作一整天，就在那儿吃午饭。

舒：我们待会儿再考虑午餐。一整天够吗？

几分钟后，珍妮回答：也许你是对的，我们周六也可以做。

舒：好的，完美。

米娅：星期六下午和晚上？

珍妮：是的，我们睡在剧院里。

舒：这样的话，我们是不是能放一些行军床？

珍妮：我刚刚在开玩笑！

舒：那你怎么决定？

米娅：我认为我们必须一直工作。

舒：我预订了整个周末，周六和周日。

---

珍妮：你怎么预订的？需要付款吗？

舒：我们说过是零花费。

珍妮：那他们同意我们免费使用剧院了吗？

舒：目前我们还没有谈费用的问题，首先它得要合适。

珍妮：如果他们要我们一千欧元怎么办？

舒：一次做一件事，我们先看看吧。

好样的！舒：一次只做一件事。

但这是第一个问题：怎么去那儿？没人知道要去的第一个剧院，在城市最外围的奥罗拉。于是，现在跟珍妮在一起的我们称为"圣徒"的保罗提出，把他的八座大篷货车借给我们用，上面还有一个大的行李架，可以把所有人和设备一起拉到那里。

所以，我们两点半来到共和国广场，这里出现了第二个令人烦恼的问题。我们之中有一个人没影儿了，猜猜是谁？

不，不是明星，加布里埃尔在这里，他习惯准时参与电视节目的制作，否则要被处以罚款。保罗更不用说了！他提早十分钟到达，货车还开着闪灯。肖恩，瞧你说的，他是英国人！为了确保我也不会迟到，他用他爸爸的摩托车接了我。米莫气喘吁吁地赶来，迟到了五分钟，因为他坐的电车晚点五分钟。米歇尔甚至在保罗到达之前就已经在广场上了，因为他有点跟踪癖，还想拍摄电影剧组的到达情景。舒非常守时，在下午两点半的时候从拐角处出现（让我怀疑她已经潜伏在那里一段时间，等着到点），然后立即从背包中拿出笔记本记录到场者的名字。希拉显然是跟保罗一起来的，她闷闷不乐，面带思虑，双臂交叉倚在车厢上，盯着一个不确定的位置。少了谁？

是的，她——珍妮。

## 发生了奇怪的误会

难以置信吧？"只"缺少导演！我们沮丧地面面相觑，每过一分钟愤怒就会升高一级。我拼命拨打那个"无法接通的电话"，我不是生气，是非常担心。

"但是，如果她不到，我们该怎么办？"加布里埃尔困惑地问。

"说一声再见，然后就散伙。"所有人中最紧张的希拉回答说，因为事实上她不是任何人的朋友，只是被保罗叫来的。

他尽力保证："不，她一定会来的。"但是他的语气干干的，我理解他。

珍妮，珍妮，你在哪里啊？

最终，我的手机开始响起了 Thriller[①]的音乐，这是在珍妮开始有点疯狂和焦虑的时候我为她设置的特殊铃声。我立刻发起攻

---

[①]　Thriller，译为《恐怖之夜》，是美国著名流行男歌手迈克尔·杰克逊的第六张专辑，于1982年发行。

击：“你到底在哪儿？”

"你在哪儿啊？其他人呢？"她生气地回答。

"在共和国广场啊！"

"什么，在共和国广场？我在德尔潘塔内托大街，就在，我们这么称呼它吧，剧院前面！"

"但是约好的是在共和国广场，不是在剧院。我们说好要一起去的……"我说着，而保罗已经在示意每个人上车，因为警察已经第二次路过，他们的忍耐是有限度的。

我们刚上车完毕，保罗就打开导航开车了。肖恩和舒坐在前排座位上，我、加布里埃尔和米莫坐在后排座位上，再往后是两个绷着脸的人：希拉和米歇尔。

"谁说的？"珍妮大喊。

我没有回答，伸出手，把手机交给了舒，她冷冷地说："珍妮？我是舒。我在微信群里给你发了消息，还给你发了一封电子邮件……"然后，舒用问句的形式重复了一遍珍妮在另一边对她大喊大叫说的话，好让我们所有人参与："难道你收到的信息上面写的是我们直接在剧院见面吗？……那儿怎么可能没有人呢？应该有一位先生在那儿，他有那个地方的钥匙……准确地说，是帕西诺蒂先生……怎么可能什么都锁着呢？"

我们整个剧组都一言不发、大气不喘地听着，保罗则开着车，听着导航的提示，并斜眼瞥了一下舒。

她重新把电话递给我，然后拿出她的手机一边检查消息，一边说："我绝对不可能发消息让她直接去剧院！"

"你一个人在那里吗？啊，你妈妈在？她怎么来了？"在我讲话时，我跟转向我的肖恩交换了一下眼神，"啊，好吧，谢天谢地，她陪着你。实际上，车还没到呢……但是，你知道，这很奇怪，因为舒正在检查但她还没找到她发给你的消息……啊，你储存了吗？好吧，我们等会儿再看……但是这确实很奇怪……"

另一边，珍妮像机关枪一样惊讶又生气地说："事实证明你们不相信我！但是，我让你们看看消息，是昨晚七点收到的。我没有打电话给你，因为是星期五，你还记得我八点三十分上英语课吗？我十点出门，然后你没有回我……啊，因为你进入了静音模式……我什么也没做，只给你打电话……怎么可能是我无法联系呢？是你联系不上！哦，是因为我们在互相打电话吗？我也尝试给米莫打电话，但他没有……"

"听着，米莫，她也给你打过电话。"我一边听着她的倾诉一边说。

"该死，我把手机放在背包里，没听见呼叫。"他说，在他的背包前兜里翻来覆去，然后他承认，"啊，是的，打了五个电话！"

"那她为什么不给我打电话？"加布里埃尔愤慨地说，正在检查他的手机。

我抬手示意："算了吧。"但是他开始全力以赴地打字。我确信他在给正跟我说话的珍妮发消息。

"看，伙计们，我们很快就会到那儿了，不需要继续慌乱了。"

但是，当我们到达时，混乱非但没有减轻，反而更严重了。珍妮的妈妈皱着眉头从车里走了过来："这是什么地方？谁把你们引到这里的？我们都为了人身安全而把自己锁在车里啦！"

事实上，这个地方比荒凉还更糟糕。这条街上好像无人居住，房屋低矮，窗户被封上了；路上全是坑，人行道几乎不存在。这个地方让我想起了一部关于僵尸的科幻电影《我是传奇》①，那天晚上我爸妈出门了，我在DVD上看了这部电影，结果晚上无法入睡，只得打电话给爸爸……当他问我有什么事时，我回答："我怕僵尸。"我为此感到羞耻，都十四岁了，还害怕僵尸！

简而言之，保罗对这条小路有一些印象，我只希望保罗的金属灰色面包车停在正确的地址时，面前会出现威尔·史密斯。

———————————

① 《我是传奇》是2007年上映的一部末世科幻电影，根据理查德·麦瑟森（Richard Matheson，1926—2013）的同名小说改编而成。影片主要讲述的是2012年，人类最终被病毒所击垮，前军方病毒学家罗伯·奈佛（威尔·史密斯饰）因为体内有自然抗体未受到感染，而成为纽约市唯一的幸存者，他甚至曾一度认为自己就是全世界唯一幸存的人。

但史密斯没有出现，任何活着的人或者……死者的灵魂都没有出现。这些房屋看起来像在历史书中看到的英国矿工的房屋，飞机起飞的轰鸣声打破了寂静。离这里不远就是飞机场，飞机从上方经过：可以看到正在不断升空的飞机，你也可以看到降落中的飞机的轮子……给人留下了深刻的印象。

"我不知道这儿能不能拍得好，"米莫仰着头评论道，"你听那些动静，而且剧院不在地下……"

剧院实际上是一栋低矮的建筑，没有窗户，只有一扇封闭的门，还被三个带挂锁的铁杆挡住了。周围既没有酒吧也没有商店这类可以询问消息的地方，甚至没有路人的影子！

肖恩开始看隔壁房子的招牌，想要看看是否有人住在那里。"也许他们都在工作。"他低声说道。

"星期六也工作吗？"我低声回应。

他耸了耸肩，与此同时，舒打电话给本应该接待我们的人，并将电话打开免提，以便我们所有人都能听到。

"抱歉，我们在等你……"

"对不起，小姐。"一个冷淡而恼怒的声音说，"剧院不能使用。"

"我不知道，您之前没有告诉我。"

"不可能，剧院已经停用多年了。"

"但是我们三天前才谈过。"

"正如我告诉你的那样，它是无法使用的。"那个人回答并挂断电话。

我们互相看着，感到惊讶。我们互相谈论："他怎么了？""这个人是谁啊？""我的妈呀，什么情况！""这不可能！""他为什么先跟你预约，然后又跑了？"

但是舒并没有失去她的冷静，而是问珍妮："你没有跟他说过话吗？"

"我都没有他号码！"她抗议，"相反，抱歉，还是你昨晚发给我的消息。你看！"她拿出手机，给她看短信。

舒看了一遍，又重新看了一遍，失去了平常的镇静，并大声说道："我没有发给你这个信息，我发誓。我的已发送信息中没有它，你检查一下……"

"那么，怎么可能？"

"这个突然改变主意的家伙呢？"

"听着，我不想再在这里浪费时间了。"保罗冷静地插嘴说，"事到如今，我们去第二个剧院吧，希望一切顺利。这是我们唯一的机会了。"

珍妮的妈妈仍然很生气，插话说："我会陪着我的女儿，至少如果那个地方像这儿一样冷，我会立刻带她回家。找些不能用的剧院，什么主意！"

珍妮被激怒了："不是那个主意。妈妈，求你了……你最好回家吧，我要和我的剧组一起去！"

显然，她的妈妈克制住了嘲讽的评价，但她脸上的笑容却透露出了她的想法，写在她的脸上的几个字就是：你们是一个精神错乱的小组。

"你们要去哪里？至少我想知道这个。"她口气严厉。

舒继续皱着眉头翻看手机，回答说："在福萨的巴尼奥，一个城外的小村庄。"

"是和这里对角线的那边！"妈妈惊呼。

珍妮气得冒烟，咬牙，攥着拳头朝下打了一下："求你了！我们家里见，再见。"她转过身子，跳上保罗的面包车。

我们都有些尴尬，但是加布里埃尔拯救了我们，他以一定的恭维姿态，伸出手打招呼，说："夫人，非常感谢您，再次见到您很高兴。"

被"唐璜"征服后，我闺密的妈妈又被点亮了，喃喃地说："多绅士啊！亲爱的加布里埃尔，拜托你了。"然后，她高兴地回到自己的车里，跟我们告别，并祝福我们："一切顺利！"

我们希望如此。


## 我们终于找到了完美的拍摄地


我们的第二个选项是在一个乡村边缘的一个小剧院，旁边是一个石头建的小教堂。但是，这个地方不属于教区，它是几年前由一家戏剧公司买下的。而在门口等我们的是这个公司的主管，一个又瘦又高的家伙，留着长胡子，头发花白、卷曲。

一路上，舒沉默不语，忧心忡忡。显然，她正在反复思考发生的事情。珍妮反而兴奋地与加布里埃尔扯在一起，尽管他们低声争吵，但我们所有人都感觉到他因为没有得到应有的关注而感到非常恼火。而她呢，则命令他永远不要再给她发威胁的短信，例如"你不会再见到我"，尤其是在她处于现在这类危急情况时。否则，她会立即为这部电影雇用替补，而这位明星就只能认栽！

"你今天是明星，明天谁知道呢？"她低声说，口气非常自信。哇哦，珍妮表现出了魄力！

米莫小心地戴上耳机听音乐。肖恩坐在保罗的前排座位上，和善地与他聊天，询问保罗近两个月内会在歌剧院进行的表演：是这位布景师非常在意的歌剧，由某位无论肖恩还是保罗都恭敬地称为"大师"的艺术家担任指挥。当米歇尔大声又恼人地开始他那些高论时，我坐在后面不很专心地听着，他说："化学物质的痕迹横穿天空，将杀死我们所有人，而且肯定已经给像我们刚刚去过的那样的社区带去了慈悲的一击[①]。那里经常有低空飞行

---

① 为使重伤者免受痛苦而给予的致命一击。

的飞机飞过，我不知道大家是否注意到了，它们正在往下扔数百公升的燃油，能从空气的波动和气味中感受到它，你们闻到它的味道了吗？"

我觉得待在这辆小货车里令人窒息，便把窗户打开了一条缝，可是坐在我身后的希拉开始像老鹰一样尖叫着："关上！我已经有点感冒了！"

于是，保罗问："我应该关掉暖风吗？你很热吗？"

"难道你没有平衡最佳温度和湿度的空调吗？"令人讨厌的米歇尔立刻大喊，还从后座向前倾斜，好让我们听到他的话。

我迫不及待地想下车，因为我们已经显示出要疯狂的信号了，想象一下我们怎么能一起工作整整两天时间！

最后，几乎我们所有人的注意力都集中在自己的手机上，在网上冲浪，而坐在前面的肖恩继续有涵养地和保罗聊天，直到他宣布："我们到了，醒醒！"

舒自己从小货车上弹下去，在我们甚至还没有停好车时就打开了门，然后大步流星地走向门前站着的那个正等着我们的长胡子男人。显然，舒已经打电话通知了他，他出来迎接我们。至少，在我看来这应该是一个好兆头。

我们下车后，有人打哈欠，有人伸懒腰，好像刚经历了很长时间的旅行，我们聚集在打量我们的那个男人面前。他似乎很高兴见到一群年轻人。

"马尼奥尔菲经理。"舒介绍了他，称他为经理有点好笑。但他似乎很高兴，然后问："你们是嘉奈塔合作社吗？"

"合作社？"珍妮说，"不，我们是嘉奈塔影业。"

舒立即介绍她："珍妮是我们的导演。"

那个男人看上去很受震撼，和她握了手："嗯，很好，一个非常年轻的女孩。我很高兴。"

舒逐一介绍了我们，并说明了我们各自的角色：编剧、摄影师、主角、化妆师、服装师、布景师……她只说了名字没有说姓，因为保罗担心剧院里的人会认出他的姓。（倒不是他多么出名，但你们知道，在这个圈里，大家都彼此有所了解……）

剧院的经理和我们每个人握手，打开门，给我们带路。这里的建筑物外面既没有写字，又没有窗户，只是一堵墙皮有些剥落的普通砖墙，这可能是仓库的入口。与仓库不同之处在于，进入仓库时，有一个入口，它的地板是沙砾的，就像建筑物的前厅过道。尽头的墙是半开放的，通向一个宽阔的大厅，在它入口的对面有一个木制的平台。两侧由下而上堆叠了一些户外酒吧都有的那种塑料椅子。闻起来有灰尘和沉闷的气味，但是当马尼奥尔菲打开舞台上方的灯时，我们意识到这个地方很完美！

我们想象过一个真正的剧院，里面有一个加高的舞台、观众席和包厢看台，天鹅绒大幕布，而这个剧院完全符合我们的想象！当然，有必要好好清理一下，整理椅子，建造一个很小的舞台布景，但是我们手里有像保罗这样的王牌，就无须担心了。简而言之，我们已经在热烈地发表评论了，米莫忙着研究音响系统，而米歇尔终于专注于技术设备，调试灯光。

"这个空间非常合适，正如我在电话中告诉你的那样，我们将需要一天半的时间。"舒非常高效地解释道。

"这个助理告诉我你们要拍短片，对吗？"马尼奥尔菲问珍妮。

她停止了焦虑和疯狂，终于回到了角色里："是的，自己制作的短片……"

"由你们的合作社？"马尼奥尔菲打断了她。

"不，我们叫嘉奈塔影业。我们都是同龄人……如果我们能按时完成短片，我们将在威尼斯电影节上放映，幸亏有这个空间，我们一定会完成短片的。"

"你们也不全都是年轻人。"马尼奥尔菲一边说一边侧眼瞥了一眼保罗。保罗正在不远处用挑剔的眼光观察舞台，时不时举起手做手势，一边与板着脸的希拉交流。

珍妮含糊地回答："保罗和希拉是来帮我们的，他们是我们的朋友。"

"但他是剧院的人吗？"对方越来越好奇地问。

我插嘴说"歌剧院"，没有撒谎。

"啊哈，"经理说，"很好。把专业人员和初学者结合在一起是剧院的灵魂。"他几乎押韵地说。

"当然。"我点点头。

"当然。"珍妮跟着我说。

他宣布："通常我们把剧院租给外人。"我似乎已经感觉到珍妮的心脏在翻腾。"条件是他们是我们公司的客人，来制作一个作品，并且也在我们这儿演出。"

我们都默不作声，专心致志地听他讲话。

"但是，显然，我们不能向一个年轻的合作社要钱。这是不合道义的。"

珍妮、舒和我继续点头，就像三个人偶一样。

"因此，我只让你签署文件，我们不承担任何事故责任。而且，如果发生什么事情，对剧院造成破坏或其他损害，你们就必须赔偿。"

"好吧，我觉得很对。"珍妮回应道。

"剧院没有保险吗？"舒问。

"有，但它只包含了部分损害。一般都是有关公司负责。客户公司通常都有自己的保险。你们没有保险吗？"

舒反驳说："我们可以看看是否做个临时保险。"我钦佩地看着她。雇用她真是妙招！不然我们可怎么办啊！

同时，马尼奥尔菲继续说道："需要一个成年的成员来签名。你们的歌剧院的朋友？"

我们快速地交换了一个警觉的眼神。保罗不想透露他的姓氏，这里我们将不得不填写一个需要全名和地址的文件。

"抱歉，加布里埃尔，你能来一下吗？"在这个地方拍了一系列的照片之后，他正和不知是谁的人聊天呢，珍妮给他打电话了。

"说吧。"他脾气暴躁地说。他跟珍妮的蜜月期宣告结束。

舒解释说："有人签署文件才能使公司免于承担责任和损害赔偿。"

"别指望我，我是演员，我不参与制作。"他生气地说。

"但是珍妮和我无法签约，我们是未成年人，舒也是。"我提醒他。

他耸耸肩，提出："有保罗。"

珍妮的眼睛眯成一条缝，就像要打他。

"有什么问题吗？"米莫走过来问她。

珍妮回答说："我们需要签免责书。"

他说："我们可以让弗朗基签。"

"谁是弗朗基？"马尼奥尔菲问。

"我的老板。我来负责，他一定会帮我们忙的。"

"米莫，我就知道你能够依靠。"珍妮矫揉造作地说。

"但是这个弗朗基是这个合作社的一分子吗？"马尼奥尔菲坚持，他已经盯着合作社的这件事了。

"我们可以让他加入进来。作为制片监督怎么样，你们说呢？"舒问。

我们说行，可怎么个行法啊！我得拿出我所有的资源，让弗朗基想起与"疯疯癫癫的"贝尔尼曾经的艺术合作关系。事实上，我总是在哥哥录音的时候抓到他看什么电影，忽略了那些片子总是永远不变的非常令人害羞的电影。毕竟，他也是一位电影迷。

至此，我们欣喜若狂：我们有了表演的舞台，两个女孩之间的赌注似乎正在变成现实。舒召集我们来决定拍摄的日期：一周内，3月15日星期六和3月16日星期日，以便加布里埃尔在拍摄完成后立即离开，为了他假设的柏林之约。

"我会给所有人发送电子邮件。我已经提醒过演员们把那个周末空出来……"舒严肃地说，"只有电子邮件有效，不要相信短信。我不想再发生今天这种事。"

"但是后来你明白发生了什么吗？"我问她。

她皱了皱眉："一定是在开玩笑。"然后她又把自己封闭在像东方雕像一样不可捉摸的表情里了。

# 第三部分　Action，开拍！

## 冒险开始

星期六下午倾盆大雨。如果我们迷信的话，会认为这是一个非常糟糕的信号，但我们乐观而理性……

"真是个好开头！"珍妮一边抱怨，一边上车，她湿淋淋的雨衣把椅子都弄湿了。

"你注意点，珍，你快弄湿我了！"坐在后排中间的加布里埃尔大叫。

他旁边是我。前面，还是通常的排位：肖恩和舒，旁边驾驶员的位置坐的是保罗。在我后面的是希拉、米歇尔和米莫。我们已经倾向于选择固定的位置了，就像上课一样。

"那我应该怎么办？上车之前先擦干自己？啊哈。啊哈。"

她边说着，边挤出一个很酸的笑。

"至少你可以摘下这种马戏团的帐篷！"他嗤之以鼻，躲在必不可少的墨镜和压低到鼻子上的黑帽后面。也许他担心那个骚扰他的人还会在货车里面偷窥他，尽管那不太可能。

"说到马戏团……舒，你听说佩特拉了吗？"珍妮生硬地问。

"当然。演职人员表会在一个小时内直接在剧院公示，这样我们有时间组织起来。佩特拉，空中飞人演员；吉尔伯特，饰演导演；埃丽萨，剧作家；丹尼斯，助手；还有赛琳娜，女孩。你这儿有他们的资料吗？"

珍妮用手拍了一下额头："天哪，我没有下载文件！"

"我用信息再给你发一遍，这样你手上就有一份名单了。你们这儿有吗？"舒看了一眼我和加布里埃尔问。

我点头，他也学我点头。然后，我们这位制片助理的视线越过了我们的汽车头枕，以一种军人的语气问道："后面的，你们是否有了我最近发给你们的材料？"

"我已经放大了照片，并且已经进行了一些试妆。"希拉勉强回答。她还是躲在座位后面说话，只是告诉大家："珍妮已经看过，并且同意了这些试妆。"

"对，没错。你知道吗？你做得非常好，希拉。"夸奖的人复活了，从雨披中冒出来，就像一只蝴蝶从茧里钻出来一样。珍妮全身色彩艳丽，她穿着紧身的紫粉色外套，戴天蓝色真丝围巾和几条五彩的项链，还穿着电光蓝色的紧身裤，整个人看上去闪闪发亮。在她的手腕上，多得夸张的极细的手镯叮当响。不能说她保持低调，不！

我对她的装束感到惊讶和佩服。虽然经历了可怕的一天，大多数女孩（包括我自己）不得不穿上了牛仔裤和裸踝靴，但我的朋友还是决定好好打扮自己。这很好，这是我们电影的开始，而不是什么随意的约会！我计划明天改变自己的风格，由于希拉没有回答，所以我对珍妮表示祝贺："珍，你看起来很美，新外套？"

"是的……"她回答，然后补充，满带歉意，"我总得同意给自己买一次东西。你知道我妈总是用她购物的疯狂向我施加压力，但这是一个特殊的场合……"

"你们两个想坐在一起吗？"加布里严厉地打断了她。这应该不是他气顺的日子。

"你不是说你喜欢待在中间，这样你就可以看路，不然的话你就会晕车吗？"珍妮干巴巴地提醒他。

"是的，但是如果我必须待在这里听你们女孩聊天，我还是会吐的。"他用一种真的讨厌的口气抱怨。

"这是什么语气？"我生气了，"不能赞美一下吗？再说了，珍妮很适合这个颜色，你不觉得吗？"我开始挑衅他，因为他有一阵子不献殷勤了。

他回答说："我不喜欢鲜艳的颜色。"

"鲜艳？海棠色，温暖自然的颜色。"珍很生气地回答，"另外，它传达了创造力，你不知道吗？你肯定不知道，因为你总是穿蓝色的衣服。"

这时候，肖恩转身试图打断这场有点蠢的讨论，说："我们印了剧本，对吧，米娅？"

我点头，说："我印了十五本，手边还有几本。"

珍妮说："好吧，这样我们也可以把它们用于拍摄列表。"

加布里埃尔终于笑着讽刺地问："哦，那是什么？"

她解释说："我们必须根据演员的入场和台词来决定镜头，在剪辑过程中也要有线索。"她挥着手，手镯叮当响。

我张大了嘴，并不是因为那种响声，而是因为珍妮知道的东西，她最近一定很努力地学过导演的相关知识。

"你们看，我本来想等等再给你们展示的，但是我忍不住了……在这里！"在讲话时，她倾身向前，并从巨大的塑料购物袋里拿出一个东西，这个东西让人惊叹、微笑、赞赏地吹口哨。我们都非常了解，这是一款带有黑白条纹手杆的黑色长方形薄板：一个真正的场记板！

我们欣喜若狂，互相传看。

"全新的！"我大惊小怪，看着上面的线条和文字：片名、导演、场号。

"给你，很荣幸。"珍妮对我说着，递给我一支粉笔。

当我在最上面一行写这部电影的片名《彩排》时，我承认我感到非常激动。

"给我看看。"肖恩说。

我把这块小黑板递给他，舒在他旁边讽刺地评论道："啊，我们终于知道了片名！你们怎么什么都这么保密？还有剧本，我的妈呀，国家大事啊！"

"片名是什么？"米歇尔伸着脖子问。

"《彩排》。"米莫回答。

我非常确定他不能从他所在的位置看到我写的内容，因此他一定是从别处获得的信息（珍妮，作为导演和我的朋友，她知道这个）。

"你们知道还有数码场记板吗？但是特别贵！"珍妮继续解释，激动不已，"我在易贝①上发现了这个东西，花了十欧元。"

"天哪。"加布里埃尔喃喃地说。

"那谁来打板？"舒问。

"这是我的梦想之一！"肖恩热情地参与，"我会负责的，你们怎么看？"

_____

① 易贝（eBay）是一个可供线上拍卖及购物的国际网站。

"就这么定了。"珍妮伸出手，他们击掌的时候发出一阵叮当声。

与此同时，货车好像在河里开进。水疯狂地落在挡风玻璃上，保罗不得不打开冷气来快速吹干起雾的玻璃。由于我们的呼吸，形成了很多冷凝水，因此，车厢里开始起了一点霜，希拉抗议道："这里面太冷了，不能稍微开一下暖气吗？"

保罗抬起下巴，试图从后视镜上对上她的目光，并解释说："对不起，希拉，但是如果我不开冷气，我什么也看不到……"

珍妮说："我不觉得冷。"她非常兴奋，甚至脸颊都红红的。

"我们只希望剧院里是暖和的。"加布里埃尔一边说着，一边搓着手。

"我让经理打开暖气。"舒立即回答，然后解释说，"他们有电暖气，就是有点旧了……"

直到现在，在米莫和希拉之间一直保持沉默、看起来垂头丧气的米歇尔，像被毒蛇咬了一样跳起来："电暖气？你们知道吗？它极——其——危——险！会造成致命的短路……"

"米歇尔，快住口！"珍妮骂他，"你真乌鸦嘴啊！"

"怎么啦？你是不是迷信了？"他不满地回答。

加布里埃尔愤怒地抬起下巴，大喊："拜托，米歇尔，现在不是争论的时候了！已经在下雨了，还有路况……"

但是，对方没有放弃，而是反驳道："路况与电暖气有什么关系？我在告诉你一些对我们人身安全很重要的事实。"

"行了，米歇尔，算了……"我附和加布里埃尔的看法。

但是，他还不放弃，而且还补充道："与其他情况相比，在这样的热带暴风雨中，电力供应可能会突然中断。你知道停电会变得更加频繁吗？"

珍回答说："不，我们不知道。"加布里补充说："你在说什么？就算有的话，也比以前少多了。"

然而，米歇尔，你们知道他是什么人吧。他坚持自己的理论（谁知道他的理论是从哪里得到的）："看，我们受地轴移动的影响，因此这些飓风将成为常态。我们还必须改变城市布局，例如通过种植某种抗风暴的植被……"

还好，米莫出手控制了局面，他从背包中取出一个小工具，然后放出"鱼钩"："这款合成器怎么样……"

显然鱼咬了钩，终于沉默了下来，专注于一个小示波器，而我对它到底是什么以及有何用途都一无所知，但这已经获得了人们的钦佩，除了米歇尔，甚至还有不太善于交际的希拉。

后座上的三个人低声嘟囔和偷笑；而我、加布里埃尔和珍妮，三人同心协力，凭借智能手机，我们每个人都能瞬间向别人和别处发消息；前面的三人友好地聊天：舒和肖恩有礼貌地容忍被迫在疯狂的路况下忘我开车的保罗。

好像真的处于世界末日的灾难性电影的境况：在大灯点亮的

车流中（有些人甚至打开了防雾灯），有救护车和消防车匆匆驶过。突然，《后天》①里世界末日的景象在我脑海浮现：暴雨摧毁了纽约，最后一场海啸的疯狂抖动，也淹没了自由女神像。这是另一部要在聚乙烯毛毯下面看的电影，也许是在嚼巧克力饼干的时候，带着某种超然的态度欣赏着令人尖叫的特效。毕竟，在你自己温暖而安全的家中，让冷漠的人类关注被自己破坏殆尽的环境的召唤，容易让人窒息。

## 准备摄影棚

我们走过像湖一样的大水坑到了剧院，这里发生了一场小规模的灾难：城市的这一部分已被遗弃了，泥土占了上风，吞并了一半的柏油路。我们下了车，用雨伞搭成了一道遮雨棚，好让组员快速通过，大家穿着水手的雨衣，小心翼翼地裹着包和行李。

舒用经理给她的钥匙打开了剧院大门，里面又黑又冷。"怎么回事？"她失望地问。她碰了碰那排开关，什么也没发生，应该是跳闸了。

"连这个都让我们赶上了！"加布里埃尔越来越沮丧。

珍妮以管理人的态度掌控局面："也可能是总闸……也许只

---

① 《后天》是一部科幻片，主要讲述了温室效应造成地球气候异变，全球即将陷入第二次冰河纪的故事。

是电表，这种情况经常在雷雨天里发生！"

"没错。"保罗肯定地说。

此时，剧组聚集在门口，米歇尔立即发动攻击："别说我没有告诉过你们！"

"实际上如果你闭嘴的话，那就更好了！"我代表珍妮回答他。珍妮忙于跟舒和保罗一起寻找电表，只能用手机的电筒照明。

"在我看来，是你这个乌鸦嘴带来了厄运。"加布里埃尔准备要控诉他了。

"连你也迷信吗？"米歇尔回敬了他，并借机带着他另一种古怪的语气自言自语地离开了，"迷信是荒谬的，它会导致社会失衡。在技术上不先进的或贫穷的人群中，这是有意义的，可是……"

"可是别说了，我正要说！"加布里埃尔打断了他。

但是，米歇尔不是那种会乖乖听话的人，反而皱着眉头反问："那会怎么样？你说我带来厄运，然后你告诉我那只是说说？那我也只是说说，我说你是个浑蛋。"

"好啦，好啦！"肖恩立即进行干预，站在已经要打起来的两个人中间，"咱们不要紧张兮兮了，好吗？"

"算了，"米莫对米歇尔说，"我们来看看仪器吧。"

"这儿什么都看不见，我们怎么负责啊？"

但是就在那一刻，房间里灯火通明，我们都松了一口气。

珍妮从侧边小房间的门洞里出来时告诉我们："就跟我们之前想的一样，跳闸了。"

舒说："不幸的是，这意味着剧院不会像以前那样暖和。"

"但是那个家伙——经理——他不能过来检查一下吗？"加布里埃尔问，头上还戴着帽子。

舒训斥他："我想提醒你，今天是星期六，剧院破例给我们免费使用这两天，仅仅是因为这个月有戏剧季的空档。"

"啊，为什么他们要在这里有一个戏剧季呢？"希拉讽刺地问。

"好像是有一个大牌子，上面写着一些上演的剧目。"舒含糊地回答。

希拉继续说："我倒真想看看。"但此时保罗加入了讨论："他们非常忙，这是一个基层剧院，也许每个小社区都有一个剧院！"

"对，对，但是竟然把它称为戏剧季……"希拉喃喃地说。

"当然了，如果他们邀请我们参加一些演出，我们应该会很高兴。"保罗对明显不当的评论表示了谴责。

"你会去吗？经过所有的学徒训练后，现在你可以在歌剧院工作了……"希拉挑衅似的提醒他。她说的话不是很好听，因为保罗在这里和一群完全陌生的人在拍一部不知道是否会在某个地方放映的短片。

"这取决于项目。"他非常优雅地结束了这个问题，冷冷的表情不允许再做回复。

"大家忙起来吧。"舒提醒我们，拿出自己的平板电脑，"演员将在一个小时内到达，我们必须准备好迎接他们。"

确实，剧院又冷又潮湿。为了不影响摄影棚的准备，我帮舒安装电暖气。加布里埃尔立即站到电暖气旁边，继续揉搓着双手，抱怨着自己沦落到一个荒凉又不利于健康的地方，但凡他能想到这点，就不会来这里了。

珍妮鄙视地瞥了他一眼，然后立马换了另一副表情，把手放在他的手臂上，甜蜜地抚摸他："事实上，我们都非常感谢你，尤其是我。你是一个非常慷慨的人，充满魅力……现在，我很抱歉，嗯……"然后离开他去和米歇尔、米莫交谈。

保罗走近她，停下来双臂交叉着听了一会儿。

"我们在这儿拍摄，演员在舞台上站那儿。灯光怎么样？你们怎么说？我们可以用舞台的聚光灯……我们需要有人把灯光对准演员。"

"我不是灯光技术员，但我会负责好它。我经常在音乐会上搭建舞台。"米莫毛遂自荐了，他是一个非常好的人。珍妮是对的，他非常可爱，他知道很多事情但不炫耀，至少不像某人仿佛置身在暴风雪中的勃朗峰①上哈着双手。

"在你操作的同时，我和珍妮检查效果，并且给你设置指令，"保罗过来插话，用批判的眼光观察了一下空间，"然后你们帮我组装屏幕。"

"什么屏幕？"正在听着对话的加布里埃尔问。

保罗转身解释："我想到安排一个大屏幕当背景，这样在某些情况下，演员会作为强色背景下的剪影出现。珍妮想要梦幻的或超自然环境的效果。"

啊，厉害！我张大了嘴，看到珍妮和米歇尔讨论拍摄的事，而舒在平板电脑上记笔记。

我越来越钦佩珍妮。我以为她只担心我和剧本，相反，她还和米莫（是的，这部分大家都知道了）一起工作，与保罗一起确定了场景。希拉正在对那个熊一样固执的米歇尔展示演员的照片和她用电脑设计的妆容。当然还有舒，她似乎真的和希拉非常合拍。实际上，这两人只需对上一眼就可以相互理解！

看到她们俩如此亲密，我有点受伤。因此，我靠过去，有一点突然地问珍妮："对不起，我在哪儿呢？"

---

① 勃朗峰是阿尔卑斯山的最高峰，也是西欧的最高峰，海拔4810米，位于法国的上萨瓦省和意大利的瓦莱达奥斯塔的交界处。勃朗峰附近最有名的两个城镇是意大利库马耶与法国霞慕尼，这里也是第一届冬季奥运会的举办地点。勃朗峰每年都吸引大量的游客前来滑雪、登山等。

她回答说："你和肖恩对于排练、台词和手势至关重要。"然后舒赶紧补充道："你必须坐在肖恩旁边。"

我本应该很高兴重申我的生死之交和主要合伙人的角色，但我没有。在我看来，这两个人给了我一种"多余"的感觉。

"有一点小惊喜……"保罗插话，拿过一把带扶手的椅子，将其放在舞台前，"是吗，希拉？"

她点点头，从包里抽出一卷布，然后把布在所有人面前摊开，上面是用加粗字体印制的"导演"这个词。

"天哪！"珍妮捏着手指大叫，"太棒了吧！真令人惊喜，谢谢！"然后她冒着把保罗撞倒的风险跳过去搂住他的脖子。

希拉用魔术贴将条幅固定在扶手椅的椅背上。

"现在我知道你上次为什么测量了！"珍妮感叹道，她的眼睛闪烁着喜悦和一点感动。然后，她去拥抱希拉，而希拉闪开了，并正式地向她伸出了手。珍妮有些困惑，抓住她的手握了一下，然后反复说："太谢谢你了，希拉，你真好。"

"真奇怪。"我对肖恩小声说。

但是他扫了我一眼，好像在说："我一会儿再跟你解释。"

可是怎么这里的每个人都知道很多我不知道的事情？他们在我不知情的情况下见过面吗？他们有没有互发短信，交换信息？是不是忘记了我也是项目的一分子，甚至实际上是两位创始人之一？我已经嫉妒珍妮和舒之间的友谊了，现在我皱着眉头，感觉已经大体上被排除在外了。

"米娅，过来一下！我们再看一下剧本的这一部分……"肖恩喊我。

我们离开其他人，回到入口处，他借此机会吻了我。

"别，这样他们会认为这是我们接吻的借口！"我小声抗议。

他说："可这就是亲吻你的借口。"

"我很抱歉，但我没有心情。"我承认，乌云笼罩着我。

"嗯，我知道，我看出来了！为什么？怎么了？"

"怎么了？什么事？我觉得你们所有人都在背着我交换意见。"

"背着你？"肖恩眯起眼睛，疑惑地盯着我，"你指的是什么？"

我哼了一声："比如希拉的这件事，她总是自己一个人，不想被拥抱。你能给我解释一下吗？"

尽管我的语气很烦躁，肖恩还是笑了："瞧你说的，好吧，要知道，希拉遇到了一些情感问题！"

"啊，是吗？我不知道，我之前以为她是单纯地讨厌亲密接触。"

他继续笑着，但是我说的话这么搞笑吗？"你这是什么表情，米娅！你真的生气了吗？"

我耸耸肩："好吧，是的，可是你没告诉我……你本可以告诉我，事情不像我想的那样，只是一个可怜人的案例啊！"

这时候，他皱着眉头并责备我说："别夸张。保罗跟我说，这是一个很小的情感问题。"

"啊！"我大叫，把他吓了一跳，"这不是嘛，你看到了吧？你已经被告知了，但是我就该当个傻瓜吗！"

"别这样，有什么好生气的？"他努力让我冷静下来。

但是，要知道，我已经蹿火了："为什么我要扮演这个完全被人忽略的角色？所有人都非常了解彼此，都知道别人的事，只有我一无所知！"突然，我感到精疲力尽。

还好，肖恩抱住我，安慰我："怎么会呢？你别生气。说得好像所有人都在密谋什么……有些事情并不需要解释，不需要坚持。她有情感问题，那个人有点阿斯伯格综合征①，我们也不是心理学家。"

"谁会是那个阿斯伯格？"我问，从我倚靠的他的肩膀上起来，好奇地看着他。

---

① 阿斯伯格综合征是天生的、具有高度遗传性的疾病。多发于幼儿期，症状同自闭症类似。患者无智力缺陷，部分人还具有很高智商，缺乏社交反令其对一些领域更为专注，从而取得超人成就。很多历史名人患有阿斯伯格综合征，如天才画家凡·高、音乐巨匠莫扎特和西方哲学大师康德等。虽然该综合征患者处于封闭和隔绝状态，但事实上他们并非对周围的一切完全漠不关心，也希望有朋友、有交际，只不过他们缺少了人际交往所必需的基本社会技能，导致难以理解他人的表情或表达，所以不能自如地调节自己的行为，显得刻板、缺乏灵活性。

"你觉得呢？"他狡黠的眼睛亮了起来。

我更小声地说："米歇尔？"

肖恩举起双手做防守姿态："这是珍妮说的，不是我。"

"他们是同班同学，所以她就这样知道了……"我大声地推论说，然后又补充道，"但是对不起，如果珍妮坚持拥抱希拉，而她的反应很差……"

"不是吧，你在说什么？珍妮马上就明白了。"

"因为她有直觉。"

"你今天真漂亮。"他非常温柔地喃喃道。

突然我感到雀跃不已，这一次是我亲吻他。

另外，我想起来，我知道加布里埃尔一些没人知道的事情。因此，被肖恩搂着重新回到剧院的时候，我久久地带着充满理解的眼光看着这位可怜的明星，他已经从电视上的奢华沦落到现在正带着沮丧的表情烤电暖气，也许他甚至在考虑叫一辆出租车逃跑。

而珍妮很高兴，她坐在导演的扶手椅上让人给她拍照，拍了各种姿势，然后她把照片发在了Instagram（照片墙）上。她正在一点一点地记录这一天。之后，很显然，这些照片得到了来自同学、朋友、亲戚和成为她粉丝的女孩子们的一百多个赞。

"好吧，等演员们到了，我们就开始彩排，"她感叹道，"我们拍一下场景，看看效果。"

在米莫、米歇尔、肖恩和希拉的帮助下，保罗在舞台上安装了一块巨大的屏幕，已经占据了舞台。一旦连接到笔记本电脑后，这个屏幕将获得生命，并放出各种视频，否则上面就显得光秃秃的。

珍妮看着有各种颜色变化的风景，随着逐渐变得明亮的色调而热情高涨："漂亮，美妙，奇妙，绝对精彩！"

"从这种酸性绿色开始，你觉得如何？"保罗问。我们知道他是出于礼貌才问这个问题，因为在三分钟的短片时间里，色度范围已经被设定好了。

他解释说："当唐璜和那个女孩一起在场景里的时候，背景是酸性绿色，这个空中飞人是在天蓝色的映衬下，然后是几秒钟的深蓝色，试镜是淡紫色，表演是红色，然后当唐璜消失的时候是黄色的。"

"非常明显！"珍妮热情地大喊，"非常好，这就是我想要的。"

"对于声音，我们尝试直接自然采集，不给演员提供麦克风？"米莫提议，"我觉得，这里的音响效果，我们无须麦克风也可以做到。这样我们可以避免人们发现麦克风。"

珍妮点点头，听着，仔细考虑，看着米歇尔在大厅里拍的小片，她坐下，看了看剧本，又站起来，绕着舞台走来走去，看向一边，回来坐下。

同时，保罗继续专注地致力于屏幕的彩色效果，米歇尔转着圈拍我们。

珍妮哼了一声："停，米歇尔，原来你是在电影中拍电影！"

他干脆地回答："我只是在记录一切，拍摄花絮也很重要。"

这次我同意他的看法。

## 我在电影里写电影

### 场景1

米娅（画外音）：我们终于到了！终于，我们开始拍我们的电影啦！

全景：珍妮正在读剧本。特写：椅背上写着"导演"，珍妮抬起脸。

珍妮：那么，准备好了吗？

保罗（坐在珍妮的右边，拿着笔记本电脑）：要开始使用背景效果的时候你告诉我。

米莫站着，戴着耳机拿着长杆麦克风，示意他已准备好录音。

全景：加布里埃尔在一个电暖气旁边。

加布里埃尔（搓着手）：我需要换装吗？

希拉（特写）：我帮你穿衣服，放在椅子上了。

加布里埃尔碰到电暖气的电缆。

停电了。惊叫，咒骂，他们点亮手机的手电筒。

舒：我会把电闸扳上去的。

来电了。

珍妮（对着拿着摄像机的米歇尔）：别什么都拍！太烦了。

特写：一只手在屏幕前摇晃。

### 场景2

米娅（画外音）：这是我们的摄影棚，我们准备拍摄加布里埃尔表演唐璜的场景。珍妮坐在她的座位上，准备开拍第一镜……难道不神奇吗？

摄影棚全景：珍妮坐在小扶手椅上；米歇尔拿着摄影机在她旁边；米莫戴着耳机，拿着长杆麦克风站着；希拉侧身站立，双臂交叉；保罗坐着，将笔记本放在他的腿上；加布里埃尔站在舞台上，穿着十八世纪的服装，戴着假发。

肖恩拿着场记板进入场地，站在镜头前。

特写：聚焦在场记板上。

肖恩（高兴的画外音）：彩排，第一场。咔，Action!

加布里埃尔（全景）：阿……嚏！（特写）对不起……

珍妮（全景，大喊）：停！

加布里埃尔（倒摄[①]，再次打了个喷嚏）：阿嚏！抱歉，谁有纸巾吗？

舒递给他一包纸巾，

他大声地擤鼻涕。

珍妮：你还好吗？我们再来一次？

加布里埃尔（愤怒）：我就知道我要在这个寒冷的剧院里感冒！

---

① 倒摄，指倒摄镜头，是电影、电视的一种表现手法。机内胶片做反方向运行的镜头。它在银幕上表现为与实际运动过程相反，一般用以拍摄惊险场面。如用倒摄法摄取汽车从悬崖边安全地倒驶，放映于银幕上的镜头则为汽车直冲悬崖、险遭坠崖的情景。

肖恩（手里拿着场记板）：然后？

珍妮：加布里，亲爱的，你感觉能不能再拍一次这一场？

加布里埃尔（再次打喷嚏，然后用绝望的语气）：我不知道！

## 场景3

拍摄正在给加布里埃尔化妆的希拉。

米娅（画外音）：加布里埃尔非常冷，但是他很勇敢，正在为这一场做准备。我们正在等待和他一起拍摄的空中飞人的到来……

珍妮：好吧，演员们都在那里：吉尔伯特、埃丽萨、丹尼斯、赛琳娜……（她转过头去找到他们并点头）佩特拉呢？空中飞人呢？

舒：还没到。

珍妮：怎么会呢？你有没有试着给她打电话？

舒：还用你说！

珍妮：那然后呢？

舒：没接。

珍妮（绝望的表情）：我们现在要做什么？

肖恩：我们改一下这一部分，如果她不在，就必须编一些东西。嘿，米娅，我们要做什么？

米娅（画外音）：啊，需要快速编写一个场景！空中飞人没有露面！


**场景4**

特写：聚焦在场记板上。

肖恩（画外音）：彩排，第四场。咔，Action!


加布里埃尔，在舞台上，用鼻音朗诵，可以看出来他很冷。米莫对珍妮摇了摇头。

珍妮（特写）：停！

米莫（半身）：感觉不舒服，他喃喃自语，走路的时候地板吱吱地响。杂音太多……

珍妮（倒摄）：如果我们给他放麦克风呢？

米莫：这很丑，会被看出来。我们试试一个临时的吊杆话筒。

米娅（画外音）：也就是……世界上所有的技术，你看看有什么可以直接给加布里埃尔用！

加布里埃尔的头上吊着一个悬空的麦克风。米莫用耳机听，竖起拇指。

珍妮：停！这个行吗？

米莫：我觉得很好。

米歇尔：行。

加布里埃尔大声地打喷嚏。

## 场景5

侧影：聚焦在火红色的背景（摄影棚的场景）。

消防员（特写）：谁是负责人？

珍妮（画外音）：停！

米娅（画外音）：我们就差消防员了！

主镜头①：剧组人员一起站起来面对消防员。

消防员：我们收到短路的通知。你们有许可证吗？剧院的负责人在哪儿？

加布里埃尔：我要走了！你们是一群令人绝望的人！

---

① 主镜头是一个专业术语，指那些单独的、不可打断的场景镜头。主镜头既可以是覆盖场景的单个镜头，也可以是由多个附加镜头拼接起来的镜头。一般而言，主镜头会采用远景镜头或全景镜头，但有时也可以采用更近的镜头，甚至在摄像机贯穿全场运动的情况下，由多个不同种类的镜头拼接而成。

米歇尔：布拉德·皮特①说的！

米莫（对加布里埃尔）：你从一开始就打碎了自己的灵魂！

肖恩：嗨，冷静点，伙计们，这儿有另一个问题……

舒（翻阅着平板电脑）：许可证，警官，我有，我已经登记过了……剧院经理说这合规了……

消防员：能让我看看吗？

淡出②：聚焦在低声嘟囔的小组。

加布里埃尔（在汽车里）：我要走了，再见！

米娅（画外音）：老天爷啊！我们能完成这部电影吗？

## 剧本需要紧急处理

好吧，简而言之，这是这两天发生的事情，现在我将尝试更

---

① 布拉德·皮特（Brad Pitt，1963—　），美国男演员、制片人。

② 淡出，与淡入同是电影中表示时间空间转换的一种技巧。在电影中常用"淡"分隔时间空间，表明剧情段落。淡出表示一场戏或一个段落的终结。淡入表示一场戏或一个段落的开始，能使观众产生完整的段落感。淡本身不是一个镜头，也不是一个画面，它所表现的，不是形象本身，而只是画面渐隐或渐显的过程。它节奏舒缓，具有抒情意味，能够造成富有表现力的气氛。这种技巧，最早是在拍摄时完成的。拍摄时，把摄影机中的遮光器逐渐打开，便得到淡入的效果；当一个镜头将要拍完时，把遮光器慢慢关上，便得到淡出的效果。

好地讲述它……总之，有点零乱。星期六，彩排那天，珍妮疯狂地让我们加到电影里那个著名的空中飞人艺术家并没有露面。那是一个令人恐慌的时刻，珍妮心神不安。

"她到底去哪儿了？"她不停地问，痛苦不堪地扭动着双手，"舒，你再试过了吗？"

"试了一百万次了，还是无法接通。"对方用中立的口吻回答，试图遏制我们导演的焦虑。

"但是我们之前都商量得好好的！她很热情，我们昨天还通了话……"

大家七嘴八舌地说："她一定是遇到了困难。""可以理解……在这种天气下，嗯……可能会晚一点到……"

"是的，但是我们现在必须彩排！"

肖恩试图让珍妮平静下来，对她说："我们先开始，她一到就……"

"啊，不行！不可能。"希拉打断了他，"加布里埃尔准备好了。我现在已经给他化好妆了，如果她还不到，就不好补救了，我现在就得给她化妆。"

"在这段时间里，你可以给其余的演员化妆。"舒插话，但希拉很坚决："其他人的妆容都很简单，只需一点粉底和散粉就足以使脸上不泛油光。至于导演，也许我会用发胶把她的头发往后梳，眼镜最好用一副不含镜片的眼镜代替，因为镜片会反光。"

"或许，你也可以看看这些服装……"珍妮喃喃道。

希拉又变得固执起来："你看，服装已经按照要求拿来了：导演的夹克和牛仔裤，助手的白衬衫，即使在我看来这种白色会有点反光，但让我们后面再看看吧。"

"剧作家穿什么？"珍妮问，只是为了争取时间。四个演员刚到的时候，她就已经看过服装了，扮演剧作家的埃丽萨甚至有两套：一套黑色长裙和珍妮更喜欢的稍短一点的绿色裙子。

这四个演员已经准备好化妆做造型了，希拉双臂交叉，不耐烦地用一只手拍着胳膊："然后呢？你决定我们该做什么。至于我，我也可以看着你们等一个不靠谱的人直到我们大家都回家。"

"抱歉，但是你不能冷静一下吗？"米莫坚定而冷静地插话说，"我们已经足够紧张了，血压升高也无济于事。"

加布里埃尔从隔墙后面出现。实际上，希拉已经准备了一个小房间供大家换服装，化妆在另一个房间进行。"我们什么时候开始？"他进来说。

哎呀，我们都张大了嘴！他活像太阳王①本尊驾到，以庄重、缓慢和肉欲的步态来到了这里，比穿着高跟鞋的我优雅得

---

① 路易十四（Louis XIV，1638—1715），法国国王，被称为"太阳王"。

多。我不知道为什么，但是这比之前那次给我的印象更深刻，可能他那时候穿得不完全和现在一模一样。这次他穿着带花边的衬衫，戴着假发，穿上了高跟鞋（实际上那次他脚上穿的是运动鞋）。妆容也有所不同，因为这次希拉尽了最大的努力：抹了粉的脸，涂成深褐色的眼睑，脸颊上的痣和口红使加布里埃尔变得与众不同，一个真实的面具和一个幽灵般的身材。这让我想起了一位扮演十八世纪法国伯爵的美国演员，他向所有女性求爱并让她们爱上了他。在我家，他们把那部电影反反复复看了不知道多少次，因此那也是一部触动我的电影。叫什么来着？我绞尽脑汁地回忆它的名字。

在此期间，我们大为惊叹和称赞："太棒了！加布里，你太漂亮啦！什么形象啊！梦想中的角色！完美！"

保罗宣布："这是一项杰出的工作。"他对已经放松了一点的希拉说。

同时，加布里埃尔更加炫耀地转圈鞠躬致谢。

肖恩利用大家分神的间隙把我拉到一边说："听着，我们必须寻找补救办法。杂技演员没有来，我们需要修改剧本。"

我要晕过去了："什么？修改？我们能想出什么？"

"我不知道……如果，在杂技演员的位置，我们只让录好的声音出现，而阴影或剪影出现在彩色背景上，你觉得怎么样？"

"对啊！"我大叫，"这样也会给人留下更深的印象……"

肖恩从背包中拿出笔记本电脑。我们坐在一旁，他打开文件，修改了佩特拉本应出现的片段，边犹豫边对她的背叛大声抗议。

"不过，我们怎么打印脚本呢？"我提出。

肖恩自信地说："我们用不着打印。问题是谁取代佩特拉，提供旁白。"

同时，剧组人员再次变得紧张起来。为了打发时间，米歇尔拍摄了加布里埃尔的特写和全景镜头，而珍妮则告诉他如何在舞台上移动，以检查和布置给他打光的聚光灯。米莫也使用定向麦克风[①]竭尽全力进行技术测试。加布里埃尔又一次打喷嚏了，希拉带着纸巾和粉扑上去补妆。

舒消失了，可能是在入口站岗，继续给这位失踪的空中飞人拼命打电话。

一群演员以某种崇敬的态度观察加布里埃尔，更确切地说，吉尔伯特似乎要用眼睛吃了他。

这时，我的大脑终于吐出了答案："《危险关系》[②]！"我用食指指向加布里大喊道。

---

① 定向麦克风是一种用于捕捉特定方向声音的设备。——编者注
② 《危险关系》这部影片讲述了18世纪的法国，富有的寡妇怂恿一名恶名昭彰的浮华浪子去勾引一位年轻貌美的新婚女子，当所有的道德、禁忌完全被打破后，游戏的男女主角陷入爱河，种下了悲剧的结果。

"什么意思？"他回答，又打了个喷嚏。

"你说得对！"保罗领悟了，"他看起来像约翰·马尔科维奇①！"

"马尔科维奇！"我重复了一次，食指从加布里埃尔移到了保罗，就像一根天线捕捉到了正确的频率。

"那是谁？"加布里用已经变得冷淡的声音问。

"一位卓越的演员。"保罗宣布。

"很帅？"另一位疯狂地问。

当两个人专注于讨论马尔科维奇时，肖恩和我开始和珍妮交谈，她显然感到苦恼，于是我们提议她更改剧本。

她像一个被点亮的灯泡，拥抱我们："漂亮！真是个好主意！你们救了我一命！"

"不，别这么说……"肖恩避开了，"这是一个简单的解决方案，你只需找到人来朗诵那一段。"

"谁演？埃丽萨不行？"珍妮瞥了一眼那个女孩问。"不行，声音会被认出来，人们就不能理解了……"她自问自答。然后她盯着我，我马上就明白了。

"啊，不行！绝对不行！"我大叫，举起双手做防守状，"你不能要求我做这个，我完全拒绝演戏，你知道的。"

---

① 约翰·马尔科维奇（John Malkovich，1953— ），美国演员、监制、导演。代表作有《危险关系》《铁面人》等。

"要不我问问舒？不是，她到底去哪儿了？"珍妮四处看了看。"舒？"她叫道。

"她出去了，"米莫回答，然后补充说，"你不能让她上，她对于协调剧组和演员至关重要。"

"我知道，米莫，"她有点不满地回答，显然她不希望别人告诉她该怎么做，"但这是紧急情况。"

"只有一个人可以背诵这一段，因为她比其他人更了解这一段。"我评论说，这次盯着她，"那个人就是你。"

"我？但我正在指挥，我不能同时做两件事。"

此时，加布里埃尔吸着鼻子走过来："我们什么时候开始？"

"几秒钟之后我们就开始。"珍妮回答，恢复了坚定的表情，"希拉正在给他们化妆。"

"那位空中飞人呢？"他一边问，一边小心翼翼地轻拍鼻孔，以免破坏妆容。

我插嘴说："剧本有变。佩特拉不在现场，所以角色从镜头外说话，然后我们在明亮的背景上插入一个轮廓。保罗，你认为可以做到吗？"

保罗回答："当然，这很容易。"

"谁来代替空中飞人表演？"加布里埃尔问。

我们都看着珍妮。她大叫："我明白，我明白，我必须这样做！但是我提醒你们，我也必须导演！"

"那有什么问题？"加布里埃尔耸了耸肩，解释道，"很多导演都在他们的电影中表演，有时甚至是主角。"

"但这是我的第一部电影！我想好好地制作！"她抗议。

"别担心，珍妮，"保罗对她说，"女神朱迪·福斯特[①]表演并导演了许多电影……几乎所有电影都是杰作。"

珍妮点点头，但我非常了解她在想什么，因为我也这样想，与她完全一致："这个朱迪·福斯特是谁？"

保罗兴奋地问道："你知道《沉默的羔羊》[②]中的克拉丽丝吗？"我们交换了疑问的眼神，他寻找另一个他认为更熟悉的参考："《我的天才宝贝》[③]？"我们再次耸肩，眼神飘忽不定。

---

① 朱迪·福斯特（Jodie Foster，1962—　　），美国著名影视演员。

② 《沉默的羔羊》（*The Silence of the Lambs*）是一部犯罪惊悚电影，改编自托马斯·哈里斯同名小说，主要讲述了实习特工克拉丽丝为了追寻杀人狂野牛比尔的线索，前往一所监狱访问精神病专家汉尼拔博士，最终找到了野牛比尔，并将其击毙的故事。该片获得奥斯卡金像奖最佳影片、法国恺撒奖最佳外国电影等荣誉。朱迪·福斯特在影片中饰演克拉丽丝。

③ 好莱坞才女朱迪·福斯特导演的处女作，探讨天才儿童的教育问题，手法流畅，剧情感人。

保罗尝试推荐另一个，但是这一次也失败了："《杀戮》①？这是最新的电影之一……"这时候，他认输了，并不再告诉我们信息："好吧，我知道了，你们以后再去网上查一下吧。因为她值得了解。在你们这个年龄，她已经是明星了。"现在，我觉得他的最后一句讥讽是为了惩罚我们对朱迪·福斯特的一无所知。

"她怎么开始的？做导演？"珍妮终于发问了，也许是为了让他高兴，因为保罗的目光闪烁着钦佩。

"不，一开始她是拍广告和儿童电影的。但后来她选择拍有挑战性的电影，演有争议的角色，这就是她以极其坚强的个性而成为大明星的原因……"

"有争议的角色，比如？"我好奇地问。

然而，在那一刻，保罗试图偷偷溜走："困难角色，从受剥削到处境不自在的女孩……"

因此，我们大家似乎都非常感兴趣。"什么不自在？"珍妮问。

保罗没有回答，而是明显地改变了话题："那么，让我们加

---

① 《杀戮》（*Carnage*）改编自法国剧作家雅思米娅·雷泽的舞台剧《上帝的杀戮》及百老汇同名话剧。故事讲述了两对父母因为孩子在学校打架而见面，由于双方都在指责对方的家庭教育方法，结果发生争执，不欢而散，而这也触发了各自的婚姻矛盾。他们的争吵不仅仅停留在孩子的问题上，逐渐升级为热门话题和禁忌话题的争执，最终在彻底的混乱中结束了这个夜晚。

上背景试试吧？演员们已经就位了。"

"从什么意义上说，不自在？"米歇尔像鹦鹉一样重复着，但是保罗迅速离开了，我们都打算一有信号就查查这个福斯特，因为这里面没有网，我们也不在一个有卫星锅的军事基地里。为了谨慎起见，我甚至把这个名字写在了笔记本上，这样就不会忘了。现在我只能勉强记住前一天晚上看过的电影名字了。毕竟，如果这不是杰作，那么你如何能记住琐碎的标题和比标题更琐碎的故事情节呢？

长话短说，我们最终决定开始彩排，珍妮为埃尔维拉配音。

"你怎么处理新剧本？"米歇尔严厉地问。

"我用蓝牙把它发送给每个人。你可以打开它看一眼。"肖恩说。

"我们还需要改变镜头，谁来写？"米歇尔坚持问。

幸运的是，在那一刻，舒带着质疑的表情重新出现了。"这个新剧本是什么？"她指着和她密不可分的平板电脑。

珍妮向她解释，再次振作起来。

"天哪！你们换了佩特拉吗？"她问道，然后苦恼地补充说，"她给我们制造了一个彻底的骗局。"

珍妮宣布："我将在场外用声音出演。"加布里埃尔本来也应该保持安静的好品质，却被迫语气尖酸地评论道："只要不用夸张的语气，我们就不会出现在节目的广告插播里。"

"谢谢你提醒我。"她笑着对他说，看上去很亲切，但我了解她，我知道她会大声地侮辱他。另一方面，珍妮忽略挑衅是对的，因为麻烦还没有结束。

咔，Action！

我们已经做好了准备，每个人按照珍妮的安排站在自己的位置上——我坐在她的扶手椅旁边，手边放着剧本；另一边的米歇尔将摄像机对准了舞台；保罗在我们身后用笔记本电脑指挥这些图像，希拉站在他身旁；舒和一群演员在舞台外等候；米莫站在舞台附近，一个指向加布里埃尔的吊杆麦克风已经在舞台上等待着开工。

肉眼可见的兴致勃勃，肖恩拿上场记板，放在镜头前，大声喊道："彩排，第一场。咔，action！"

这时，加布里埃尔开始表演。但是说了两句台词之后，他又一次打了个特别响的喷嚏。

珍妮差一点就要哭出来了，但她保持了镇定。"没问题，加布里，做得很好。"坐在椅子上的她说，"我们再来一次。"

但是希拉已经冲过去用粉饼轻拍他的鼻子。而他又打了两次喷嚏。

"他不是对粉过敏吧？"我往珍妮的耳朵那边靠了靠，大胆问道。

"嗯，算了吧。希拉，妆容很完美。我们开拍了。"我的朋友坚定地命令道。

"很抱歉，珍妮，有一个音频问题：必须更安静，而加布里埃尔应该保持静止，因为只要稍稍一动就可以听到木板吱吱的响声。"米莫宣布。

导演叹了口气，让重新打了板，但随后我们不得不等待米莫调整他上方悬挂着的麦克风……一阵疯狂的喧嚣分散了一半工作人员的注意力。

我必须承认，我从未想象过要浪费这么多时间来拍摄几个场景！也就是说，我没有想过因大大小小的各种困难、技术的或者极其琐碎的问题而浪费时间。录制声音需要绝对的安静，光线的方向需要不断调整，演员污损的妆容也需要不断补妆，片刻之后一台摄像机卡住了……更确切地说是操作员卡住了，这可能是米歇尔为引起注意而故意制造的故障。终于，当一切看起来还不错时，又因为有人咳嗽而重新开始。

伙计们，这真是一项艰难的任务！因为当这个人固定麦克风支架时，其他人就得等待。演员可能会利用这个时间再看看台词，但是有人决定出去呼吸新鲜空气（实际上是去刷社交网站），有人去洗手间，然后你得去找不在场的人，而那些仍在片场的人则希望每个人都能重新回到自己的岗位上。谢天谢地，舒强烈建议我们关闭手机，因为在剧院中即使网络时有时无，也有可能发生手机瞬间复活并进来一通电话的情况。确实，有人试图偷偷打开手机，因为我们对它都有些痴迷（包括我，我承认），但是米莫责骂我们："手机会嗡嗡作响，必须关闭。不要设为飞行模式，大家必须关机。"

我们彼此怀疑地看了一眼，但没有人自我告发。这时，舒宣布她将收起大家的手机并带到大厅，以避免进行不愉快的讨论。这就像在上学时，老师劝说学生手机关机无效，于是就强迫学生把手机留在储物柜中。

米歇尔有胆量抗议："我的是一个苹果手机的最新款，不会被偷吗？"

"你怎么敢？"珍妮突然发怒。她正要开骂的时候，正在向像保罗这样的圣人学习的肖恩讽刺地说："我们要它做什么？不只是你，我们每个人都在乎自己的手机，手机里有自己的所有联系人。"

"是的，但我想知道要把它们放到哪儿。"米歇尔回答，丝毫没有被导演凶狠的目光所震慑。

"在财务室有张带抽屉的写字台，抽屉可以锁起来。当剧院开张时，那儿还保留着收银机。"舒回答说，似乎已经把这个问题说清楚了。

我们终于可以拍摄了，加布里埃尔终于可以在不打喷嚏的情况下扮演角色，尽管带有轻微的鼻音。气氛真的很特别。沉默几乎像是一个纱帐笼罩着我们。米莫一动不动，像雕像一样在舞台旁边录音。珍妮挺直身子坐着，向舞台倾斜，念埃尔维拉那部分台词。米歇尔弯着腰操控摄影机，进行远景镜头[①]拍摄。其余的工作人员则聚集在舞台外的阴影处。

加布里埃尔在小舞台上优雅地移动着，像舞者一样轻盈，映衬着酸性的绿色背景，仿佛他在一个虚幻的空间中盘旋。他说出台词，然后停下来，脸上带着陶醉而热切的表情，仿佛是在倾听或嗅着空气。他看起来的确像是来自多维空间的人，一个半机械人的唐璜，愤怒而讽刺地听着来自某种装置的声音。

所以画外音的想法很好！它每时每刻都更加说服我，这个角色类似于我们所有人，就像我们对手机着迷，我们把爱恋、恳求、责备、指责或道歉的信息都交给了手机，声音总是听起来很奇怪、含糊不清，即使是我们自己的声音也无法识别。从某种意义上说，它们是无法识别的。因为正如克拉米所说的，我们大部分时间都保持沉默，并且当我们的声音发出来并且没有混入对话中时，它似乎显得刺耳、结结巴巴或粗糙，因为我们不是演员，我们不习惯朗读——抑扬顿挫地读字词并读得很清楚。有时，我

---

① 远景镜头，又称广角镜头，会完整展现某个主体。如果主体是人，就从头拍到脚（注意：主体不一定占满整个镜头）。与大远景镜头相比，远景镜头里的角色更加突出一点，但整体镜头内容依旧是环境占大头。这类镜头通常会确立一个场景，以及角色在场景中的位置。这类镜头同样可以用作定场镜头，以替代大远景镜头。

们难听的声音似乎是另一个拙劣且糟糕的自我，总是会搞一些恶作剧，例如让那些听我们讲话的人对我们产生糟糕的印象。负责录制的埃尔维拉的声音就是如此，珍妮的声音在抱怨、指责、啜泣、悲痛。唐璜摇头、大笑、在意，这是正确的。那个小声音想要什么？你是否意识到自己本质上是可笑的？

简而言之，我们紧张而专心，被眼前栩栩如生的角色迷住了，它从想法里破茧而出，将这些词和短语生动地表现为身体、动作、声音、形象……这时，一个铃声就把我们吓得像弹簧一样跳起来。

天哪，真吓人！比闹钟还要糟糕，突然而至的吼叫声，像大炮的轰鸣！这是剧院的门铃，我们刚从震惊中恢复就意识到了（有的人，也就是本人，心跳加速了）。

"是谁？"失去了耐心的珍妮怒吼。

想着可能是谁走错了或者是剧院主任来看看，舒冲到了入口，我们大家都哼了一声，然后开始该干什么就干什么，有人要检查剧本（演员、我和肖恩），有人在摆弄装置（米歇尔和米莫），有人要伸展四肢，有人在聊天。当舒带着沮丧的表情再次出现时，后面跟着几名穿着制服戴着头盔的消防员，看到这一幕的我们都说不出话来了。

"是消防员……"她带着惊慌的表情说道。

那时，我们所有人都七嘴八舌地开口说话，非常激动："什么东西着火了吗？出现紧急状况啦？屋顶倒塌了吗？货车上有东西吗？哦，天哪，发生了什么事？"我们也在一片吵闹中从椅子上站起来，米莫大叫着要注意电缆，加布里埃尔急忙拿起一条毛毯披在肩膀上，就像一个准备跳上救生船的逃生者。

珍妮像一条垂死的鱼一样张着嘴，而消防员们试图让大家冷静下来："好吧，伙计们，什么都没发生，什么都没有着火。"

"但是，那为什么突然来访呢？"最清醒的保罗问。

"我们接到一个短路报告。"其中一位消防员说，但另一位表情更为权威，他突然问："我们能看看是否一切都符合消防法规吗？"

我们将目光集中在舒身上，她手里拿着平板电脑，像往常一样开始翻阅页面。她说："我觉得符合。"

"你觉得还是你知道？"消防员一针见血地指出。

"这是个剧院，这个……"舒说，"我把所有文件都复印了：许可证，安全规定……好吧，应该在这里……防火规定：电源插座，通用仪表以及防火布，即使我们没有使用的这些防火布也都在……"

消防员们观察了平板屏幕，看了看日期和签名，又问："剧院负责人呢？他在哪里？"

"他出去了，应该很快回来。"舒不假思索地撒谎。

"谁是公司的负责人？"他们的目光游荡着，估量着我们的年龄。不需要什么天才就能知道我们都是未成年人，除了保罗和希拉。

舒坚定地表示："我们的制片监督堵在路上了。"

"弗朗克·罗·卡西欧？是他吗？"消防员看完剧院经理草拟的文件上的名字问。

保罗插嘴说："是的，指挥官……可以告诉我你的名字吗？"

"法尔塞蒂，和我的同事杰纳里，"消防员自我介绍道，和保罗握手。

保罗继续说道："我们正在为演出排练场景，我是布景设计师。我这里有几个月前颁发的职业安全课程的培训证书……"然后，他出示了保存在笔记本电脑中的文件。

我们所有人都倒吸一口气，因为这是一个真正的戏剧性变化！保罗甚至手里拿着救助者证书！他不只是圣人，还是一个真正的英雄！

两名消防员看了一下，点了点头。

杰纳里总结道："那一切就都没问题了。"指挥官法尔塞蒂观察了更长的时间，最后决定："但是，必须保留中庭作为逃生路线的自由空间。"

"是的，如果有观众在场的话。"保罗诚恳地回答，"今天我们只是十四个人，中庭就用来换衣服和化妆了。"

"我了解，但这不合规矩。我们能看一下电表吗？"消防员严肃地说道。

英雄保罗与舒一起陪他们来到了入口处的小房间。单独留下来的我们开始聊天："一定是因为停电……但是为什么他们在两个小时之后而不是立即到达？你们知道保罗也上过安全课吗？但是，如果他没有去上过课，我们要怎么办？伙计们，那就什么都别说了！他们会让我们撤离这里，电影就泡汤了。"

唯一仍处于呼吸暂停状态的人是珍妮，她一边摇着头，一边折磨着自己的手，好像她自己也听不懂。

为了让她活过来，我说："怎么了，珍？一切正常，你看到了吗？一切顺利。"

她给我一个魔怔的眼神，小声说："是的，但是……谁给他们打的电话呢，米娅？"

"什么会是谁？发生了短路……实际上灯已经烧了……"

但是她又开始摇了摇头："不，不。你听到他们说的话了吗？我们有一份报告……"

"也许当灯光熄灭时，指挥中心的警报器响了。"我试图让她换个思路。为什么珍妮会这么说？难道我们中间有破坏者吗？

## 有人试图罢演

消防员离开后，半个片场一片吵闹。加布里埃尔开始尖叫，他再也受不了了，他厌烦极了。

"你们让我烦透了，你们是一群愚蠢的孩子，我没办法跟你们工作！"他尖叫着，在舞台上大步踱着，还披着毛毯，"我也生病了，没有人尊重我和我所做的努力！"

他看起来像一头愤怒的野兽，最好不要靠近。事实上，大家都和他离得非常远，默不作声，站在我旁边的肖恩，我都能感觉他在发抖。

珍妮勇敢地尝试用最甜美的语气安抚他："加布里，拜托啦，你说得很对，但这不取决于我或其他人。我们都没有叫消防员！"

"我什么都不在乎，我受够了！我不舒服！这个片场一定是受了诅咒，因为每分钟都会有什么事发生！"

我们交换了理解的眼神，每个人都清楚加布里情绪失控了。甚至想到了什么诅咒！对一个要发疯的人能说些什么？好吧，胆大的珍妮尝试了一下，但是没有和他直面交锋，恰恰相反。她的头发部分散落在脸上，她以恳求的语气接近他，像女祭司面对一位发怒的神灵一样："加布里，拜托，我真的恳求你，冷静下来。我很抱歉……这不是我的错，你知道的。在所有人里我最佩服你，我认为你是一位杰出的演员……"这时候，她的脸上开始流淌着眼泪。

加布里埃尔猛然停下了脚步，皱了皱眉头，看着那个可怜的导演在为他哭泣。"是的，珍，我知道你很好，但是在这个无比荒凉的地方，你和一群疯子在一起……"他开始喃喃自语，试图将责任归咎于我们所有人。

看到珍妮在伤心难过，米莫放下了一切，冲上前去，面对歇斯底里的人吼道："别说了！"他胳膊搭在珍妮的肩膀上大叫一声："你需要尊重，可你却没有尊重其他人！"

珍妮挣脱了他的手臂，表情有些恼火，声音嘶哑地坚持道："不，米莫，求求你，什么也别说……"

"珍妮，我不能看着你这样！这个人不容他继续犯浑！"他坚持着，实在是被激怒了。

这时，肖恩也不再自我克制，我也不能阻止他的前进。他朝着加布里埃尔伸出食指，命令他："听着，这位，也许你走了真的会更好。我们都在意珍妮，如果你还没有意识到她是一个天才女孩，那么你最好还是回去拍牙膏广告。"

"哎嘿，哎嘿！"英勇的保罗介入了，"孩子们，来吧，孩子们！让我们冷静一下！"他站在中间，张开双臂，现出一个善良的表情，但加布里埃尔像老鹰一样尖叫："你也是，小保罗，太令人失望了！我以为你是一个强硬的家伙，一个大人，而你却在这里跟这些自大的孩子浪费时间！我看大家都走吧……"他举起了一条胳膊……太可惜了，他整个都被包裹在毛毯里，没有成功地做出应该做的手势，示意把我们所有人撵走……充其量也就只把我们送出了几英寸。这时，他开始与看上去像是活物的毛毯较劲，那毛毯就像粘在他肩膀和手臂上的一个巨大的蛞蝓。

最终，他哼哼着成功地解放了自己，把毯子扔到了地上。但是，也许这番较劲让他的恼火得到了宣泄，勇敢的舒拿着一杯热水冲上去，喃喃地说："加布里，这是感冒药片……"他接过去，把药一口咽下。

主场戏似乎结束了，珍妮握着他的手，眼里依然含着泪："加布里，求你再信我一次。我知道你慷慨又敏感，你关心这个项目。对于发生的一切，我深表歉意。"

米莫的脸很黑，很明显，他讨厌那些话和那种语气。我也一样，我必须说实话，看着我的朋友居然对那个自大任性的人妥协，甚至这样卑躬屈膝，我既惊讶又愤怒！只有加布里埃尔承认自己做得过分了，或者至少向所有人道歉了，才能算完！我对他遭受骚扰的故事立刻失去了同情，更确切地说，我希望骚扰者能追着他度过他无礼一生的剩余时光。

他点点头，喃喃地说："好吧。"

但是突然之间，米歇尔爆炸了："那你最好跟所有人道歉，因为我也烦了！"

我们转向他，他激动地说："我比其他人浪费了更多的时间，我在这里接受指挥，此外，我已经自掏腰包花了很多钱，我还不得不花更多的钱。谁让我这样做？我是完全在付出的！"

这时，珍妮从悲痛的表情变成了冷酷的表情。"你在说什么？什么钱？什么付出？"她喊道。

他指出．"我想说的是，这是我的设备，还有额外的聚光灯，甚至还有一些麦克风。"他的食指像两个旋涡一样在空中旋转。

"我也带来了我的东西。"米莫重回镇定地反驳道，"可我并没有说什么。"

"但是你有那个工作室……"米歇尔回答着，挥舞着手，试图说出他不记得了的Vox的名字，"你单位能补贴你出的东西，总之，不用你买任何东西。"

"他们没有送给你摄像机吗？"珍妮重回高傲地一字一句地说着，脸上再也没有半滴眼泪了。

"这有什么关系吗？但是我有很多支出，我可以要求对我在这里度过的日子以及其他所有一切都给予报酬。"

"哎嘿，哎嘿……"可怜的保罗试图阻止正在进行的争吵，"孩子们，来吧，孩子们，冷静点……"

但是，米歇尔没有冷静下来，而是大怒："不，看，冷静个鬼！在这里我们就想知道为什么这一大笔钱被花在了给老年俱乐部演的歌剧上……"

保罗失去了作为圣人的耐心，生气地回应："你说什么呢？这一切都是公开透明的。花费非常高，而且观众并不全是老年人，年轻人很多……"好吧，他也陷入了愤怒的陷阱。

我突然看到我们所有人都在互相争吵，搞坏了布景，甚至是剧院。这将会很糟糕，结局会很差。失败当然不是什么新鲜事，相反，如果你不尽最大的努力、专注力，没有毅力和意志，它就会是任何项目最具体的风险。

珍妮意识到了这一点，用坚定的声音说："好吧，大家听着，我们正在这里做一个重要的节目，这个片子上将有我们所有人的名字。所有人，听明白没有？"她伸出食指，在半空转了一圈，好像想用一条看不见的线束住整个团体……一群人好像中了魔咒般沉默了。

珍妮因此得以继续进行，就像一艘终于感觉到有风吹的船，吹鼓了主帆并向前行驶了："仅此一项就已经是巨大的成功，因为这部电影既不为了我们自己，也不为了学校或朋友，而是为了一些会去看它、评判它并且会喜欢它的观众。而且，如果我们不全身心地投入，那么这部短片也不会有灵魂，也将无法对任何人说任何话。相反，如果我们每个人都像我一样相信自己，并且热情地致力于制作，不考虑花了多少钱付出了多少努力，而只想着做好我们每个人可以做的事：无论是场景、化妆还是表演，无论是使用摄像机、获得清晰的声音，还是写出合适的台词。如果我忘记了什么东西，请原谅我。总之，如果每个人都通过与他人达成共识来履行自己的职责，那么我们将会得到回报……也就是说，我们会很开心！现在每个人都只做好自己，但是我希望大家能一起努力，让电影也充满集体的欢乐。"

不可思议的演讲!

这次我的眼睛闪闪发光!

"珍妮!"我惊叹不已,想要拥抱她,而其他人呢,在她对大家的不满抱怨和经济奢求的这番洗脑之后,都低下了头,保持了安静。坚强的珍妮后退了一步,好像她穿了看不见的盔甲,对我说,也是对所有人命令道:"现在开工!"

舒是第一个开始的人,她重复道:"至于工作,我们目前处于第三场。发出信号后,我让演员进来。"

每个人都重回到自己的岗位,不再说话。在坐下之前,保罗短暂地握了珍妮的手,带着非常钦佩的微笑。而我感到受伤。当我最好的朋友发表历史性演讲的时刻被她拒绝拥抱!谁会想到,我的朋友珍妮会成为某种不需要任何人的战士,将精力集中在一个目标上,全神贯注,以至于忽略其余的一切?

我朝肖恩的耳朵那边歪了歪身子,寻找同谋:"看看有什么东西?"

他给了我一个理解的眼神,但是让我保持沉默。闲聊、矫揉造作、真实的或虚假的眼泪(而且我怀疑珍妮也向我们展示了如何做出逼真的表演)、抱怨、摆女主角的架子、幼稚的反应、嫉妒、竞争、争论、怄气以及报复,这些统统不要!

安静!

开始。

咔，action！

## 发现有人想要破坏电影

　　星期六晚上彩排结束后，我们去了比萨店。当然，不是所有人。我们是一个摇摇欲坠的团体，甚至比高中时我哥哥的乐队还要糟糕。这些家伙一直争吵，但至少能一起开心地去吃一顿比萨。相反，嘉奈塔影业的团队却随时面临解散。保罗不得不去剧院看一些他保证绝对不会错过的朋友的表演。希拉是位神秘人物，我们知道她有一个男朋友，就让她去踏踏实实地享受那份平静。加布里埃尔毫不犹豫地表现出自己的反感，大声粗鲁地打着喷嚏，抱怨自己确实感冒了，而且我们刚一到广场，他就跳上一辆出租车逃走了。

　　珍妮忠实的拥护者仍然是我、肖恩、米莫、舒和米歇尔，即使珍妮试图以宽容的礼节摆脱米歇尔："如果你今晚有别的事要做，可以先走。"

　　他回答："不，不，我很高兴来。"好吧，你还想要这样的书呆子做什么呢？对于他来说，我们是最棒的……我很高兴看到！像我们这样的一群有创意的人，米歇尔到哪儿去找？而且，谁也不会像肖恩的某些朋友那样：他们是精神上生活在星际世界中的家伙，他们画漫画，并与某些漫画大师（严格来说是日本人）交换加密信息。尝试与这些人聊天是没有用的，因为在他们的世界里，他们不知道地铁，甚至不知道公交车票要多少钱。

"你知道每个人都得为自己的话付出代价吗？"珍妮用冷淡的微笑警告他。

"有什么问题？"米歇尔耸耸肩，一副纯粹的不耐烦的表情。问题当然很严重！

"我们被你这个闹腾伤到了，就是你说的，付出。"珍妮提醒他，当然不是那种含沙射影、揪住不放的提醒，"所以，我也不想让你再负责买比萨。"

"别！这和它有什么关系？这是另一回事。"他回答，一点儿也没有从他的立场退缩。现在应该是为当初那么无赖的表现请求原谅的机会，但是有些人太自私了，不知道什么是礼貌。这就是！我最终拥有像我姑奶奶一样的思维，她总是坚持这种固定的文雅举止。我想把米歇尔交给她一个星期，看看她怎么以谦逊的态度和魅力把他调教好。但是算了吧……

我们都在这里迟疑了，因为带着米歇尔这种瘟疫去西罗（那家比萨店）的想法并不好笑，这时米莫喊道："那就这样，伟大的米歇尔跟我们一起！"然后拍了拍我们摄影师的后背，让他差点喘不过气来。

米莫确实有一颗金子般的心，因为他在不假装仁慈男友的情况下，很乐意忍受米歇尔，而且他还一边带着米歇尔往正确的方向走，一边聊着设备或技术在运动中的运用。总之，所有的对话都是为了减少米歇尔身上潜在的让人讨厌之处。

最后，演员们也加入了进来。由于保罗、希拉（最年长）和加布里埃尔（名人）的出现，到目前为止，他们的表现似乎有些胆怯。彩排后，他们得知剧组要出去吃晚饭，都欣喜若狂，仿佛收到了王室的邀请。毕竟是加里波第大街的那不勒斯比萨店，老牌子西罗。它不在市中心，但一旦保罗把我们拉到广场上，就方便多了，大家可以各自骑上摩托车、自行车或乘坐电车赶过去。

我们进店的时候是晚上九点了，大家都饿坏了，但这个地方还是人满为患（好吧，这是星期六）。所幸肖恩有远见，在我们返回的途中与一位认识的服务员通话预订了座位。服务员听出是他，就像往常一样大声对他说："怎么吃啊，兄弟？"

必须承认，西罗就是西罗：在极短的时间内，服务员就把两张桌子拼成一张大到足以容纳八个人的桌子（我们有十个人）。桌子靠在墙上，和其他桌子距离很近，但我们每个人都能坐进自己的位置。而肖恩的服务员朋友（一个强壮的家伙，看上去像个摔跤手，在进来的时候和他击过掌）抓住时机给我们上了两个小圆面包当开胃零食，我们在点比萨的时候掰成小块叼着吃（可以解读为狼吞虎咽地吃）。

我坐在肖恩和舒之间，舒坐在珍妮旁边，珍妮正忙着和在她右边的米莫调情。米歇尔在桌子尽头的桌长之位上，米莫在他的左边，男演员吉尔伯特在他的右边。四个演员坐成一排，一直在笑，非常兴奋。他们环顾四周，仿佛我们正在四季酒店[①]，也许在他们理想化的眼中，我们处在一个神奇的地方。小时候我也遇到过同样的事情，洛里斯舅舅带我去餐厅，进去时，他就像男神一样跟所有人打招呼（我在肖恩身上重新找到这一点，并对此极为欣赏）。实际上，过了一会儿，片中扮演被唐璜诱惑的女孩的赛琳娜抓住了手机，她仿佛置身事外，好像在生闷气。她的表情很生气，抱怨太挤了，一直在看表，好像又有了一个更令人兴奋的约会。而吉尔伯特玩得很开心，他将比萨店定义为"农家乐"，尖叫着欢迎维苏威[②]比萨饼，这是一种热气腾腾的火山口样的比萨，水牛奶豆腐像熔岩一样滴落。这样的表演在演员和米歇尔身上都产生了一种不得体的快乐：为一点不值得的小事就乐不可支。这样，比萨喷发的照片便被拍摄出来，并立即发布出不同角度的侧影照片。利用这种集体注意力分散之机，舒向我靠近说了句让我震惊的话："听着，也许我知道是谁想要破坏这部电影。"

当她对我低声私语时，我屏住呼吸，但已经睁大了眼睛。

---

① 四季酒店是一家世界性的豪华连锁酒店集团，在世界各地管理酒店及度假区。

② 维苏威是意大利西南部的一座活火山，位于意大利南部东海岸。

"不要反应过度！装作我在对你说一些有趣的话，笑吧！"

天啊，现在我还必须在朋友中扮演一个杏仁眼间谍，就像我们在一部《007》<sup>①</sup>电影中看到的一样！

无论如何，我调整表情并礼貌地微笑，笑得不能再假了。她似乎很欣赏，并且装作兴高采烈的样子，含糊地总结说："我之后再打电话给你，我不想让珍妮知道。"

我看了一下我的朋友，她和米莫在笑（她是真笑），天真快乐，他们把比萨饼切开品尝。而肖恩不得已拍了拍我的肩膀来引起我的注意，把我吓了一跳。看到我反应这么大，他很担心："米娅，有什么事吗？"

"没事。为什么这么问？"

"什么为什么？你跳起来了，好像我扎了你一样！"

"不是，是……我很紧张，就是说我很累，一天了……"我喃喃自语，而狡猾的舒正在与坐在她对面的演员们交换台词。

"你想跟往常一样分享比萨吗？"肖恩向我提议。是的，就像珍妮和米莫一样，就像所有恋人一样。但是，为什么即使晚上

---

① 《007》是风靡全球的系列谍战电影，"007"不仅是影片的名字，更是主人公特工詹姆斯·邦德的代号。在电影里，邦德是英国情报机构军情六处的特工，代号007，被授予可以除去任何妨碍行动的人的权力。此外，詹姆斯·邦德总是有美女相伴，那些女士被称为"邦女郎"。

很开心，总有一些蛀虫会破坏我的好心情呢？我该怎么做呢？

个漫长的夜晚等着我！我不敢告诉肖恩我隐瞒的事情，为了能赶快回家，我坚持说自己很累之类的话。我的男朋友也有点不舒服，因为……总之，今天是星期六，我们已经累了一整天，也许他也需要一些亲热安抚，不是吗？在我看来，就是这样！但是上面提到的蛀虫一直咬着我的心，所以只能向大度的肖恩求助，然后回家。我父母不在家（他们通常星期六去朋友家吃晚饭），我心中油然升起一种不能陪肖恩独处一小时的愤怒，以及随之而来的凄凉。

我非常生气地给舒打电话。

"告诉我一切。"我不客气地开始说。我希望她的这个消息值得让我把男朋友打发回家，甚至都没有亲吻对方。老实说，我们应该还能亲吻，因为周日还要一起工作。

"听着，你必须保证在电影结束前不要告诉珍妮任何事情。"

"可为什么呀？这些愚蠢的秘密是什么？"我语气很冲地回答。我不喜欢在背后喋喋不休，尤其是关系到我最亲爱的朋友。

"她一定不能从电影中分心。明天我们还要拍摄，她必须保持冷静。"

这个理由说服了我，所以我冷静下来："对啊，也许你是对的。那么，你想说什么？"

舒叹了口气："我已经考虑了一段时间了，你知道吗？从在另一个剧院也发生的那种奇怪的事故开始。"

"什么事故？最重要的是，他们使我们上当受骗。"我一边说话，一边脱下了牛仔裤和衬衫。我正在寻找今早扔在某处的睡衣。嗨，这个房间总是有能力使什么东西消失。我在床下和沙发下找，然后发现睡衣就挂在门后的钩子上，我想一定是妈妈干的，因为我从来没有在那儿挂过睡衣。需要调查一番她今天是否到我的房间里来过。

同时，舒继续说道："哦，不！不全是，你知道吗？今天，消防员来的时候，我又想到了……还有那个没露面的女孩……"

"空中飞人？她也参与其中吗？"

"等等，让我按顺序来。"

她开始了一个漫长而细致的描述，导致我用一只手将手机贴在耳朵上，很难靠另一只手穿上睡衣。

"然后……前段时间我遇到了一个人，我天真地告诉她我们正在做这个片子。我告诉她，我找到了几个剧院，因为这个人非常感兴趣，最重要的是她假装知道一切，因为她是珍妮的朋友，并且告诉我许多关于她的趣事。"

我跌倒在床上，对最后一句话有些震惊："比如？"

"珍妮太棒了，富有创造力，拍摄这部电影的主意很棒。显然她已经知道了一点，因为珍妮已经告诉了她这件事。"

我提高声音反驳道："珍一直没有和任何人谈过我们的片

子，除了跟她一起工作的人。"

罗比的鼻子从半掩着的门缝中出现，它早些时候向我打招呼后就趴在大厅的地毯上等我的父母。他们已经回来了吗？我跳下床，瞥了一眼走廊，但那儿一片漆黑、寂静，所以我示意罗比进来。也许它感觉到我心烦意乱，很担心。

同时，舒冷静地提醒我："不是那样的，你知道的。珍选过演员，所以很多人都知道她的片子，包括她的这个朋友……她是故意来找我的。她知道我也是这个剧组的一分子，因为你和我联系过……"

还好，罗比在床上躺着陪我，减轻了我的紧张感和恐惧感。当我在电话里下命令的时候，我把手伸到它毛茸茸的脖子上："告诉我这个人是谁。"

她坚持说："你试着猜猜看。"她喜欢神秘。

"安东奈拉？"

"聪明。"

托妮·比斯！我知道，就是她，没错，我知道她舌头中间分叉①！罗比尖叫，因为我控制不住自己的愤怒而稍微压到了它的脖子。

"谁陪着你呢？"舒怀疑地问。

_____

① 舌头分叉的是蛇，意大利人也把狠毒的美女比作毒蛇。

"我的狗，别担心。"

"你是在家还是在外面？"然后她问。

"在家里，狗在这儿和我一起躺在床上。"

"在床上？"舒的话听起来让人反感，"它和你一起睡吗？"

"当然不是，它只是陪着我，我父母让它睡在客厅里……无论如何，你能告诉我托妮是怎么造成所有这些乱七八糟的事吗？"我问，却不敢相信。是啊，她是毒蛇，但她当然不能是女巫。

"关于消防员，她只需要打电话说剧院里有未成年人，没有许可证，有发生火灾的危险。还好保罗救了我们！她没能想到这一点。"

"那停电呢？"

"不，不，当然和停电没关系。我敢打赌，她还参与了另一个剧院、佩特拉以及消防员的事。"

"好好给我解释解释，我什么都没听懂。"罗比跟我一样，喃喃地摇了摇头。

"让我们从房主溜走的剧院开始。好吧，我像傻瓜一样告诉过安东奈拉，我们要在那里彩排。我告诉过她，明白吗？因为她打电话给我，说是珍妮想让她参与这个项目，作为她的助手，帮忙联系可能的赞助商的助手……"

"什么赞助商？"我咆哮，罗比担心地抬起头，凝视着我，好像在询问它是否应该吠叫，但我立即做了让它闭嘴的动作。

"我知道这都是假的，但我现在才知道。托妮告诉我她和珍妮是好朋友，她可以帮助我们完成这个项目……你知道我们在同一个班学习……总之我该怎么告诉你呢？我掉进陷阱里去了！我告诉了她剧院的名字，巧合的是，当我们去那里的时候，那个家伙没有露面。"

"为什么没有，在你看来？"

"因为有人打电话给他，并说出了无法使用的故事。是托妮为了给我们制造困难。"

"好吧，但是你说的只是一个假设……"我提出异议，靠在枕头上。我认为，舒看的犯罪片太多了。

实际上，她坚持认为："这非常可能发生，因为托妮对空中飞人佩特拉做过同样的事情。托妮打电话给她，告诉她剧院很危险，可能会被检查，作为杂技演员，她也有被起诉的风险。"

"不，等一下，舒。"我阻止了她警察破案般的狂热，"珍妮通过米莫认识了佩特拉。除了我以外，她还没有和其他人谈论过这件事。另外，托妮是如何获得她的电话号码的呢？"

"你没有告诉任何人吗？我们把照片放在Instagram的什么位置了？"她果断地回复。

"但是，如果佩特拉从未去过剧院……"

"但是珍妮在喝开胃酒时发布了带空中飞人的照片。"

"哦，天哪！"我恼火地评论说，"但是我不敢相信托妮扫描了所有照片，寻找了个人资料……"

"这非常简单！另外，我还没有进行调查，但是我很确定她从米莫那里得到了手机号，也许是假扮成丢了她手机号码的朋友……"

"我的天哪！"总之，我活像个在教堂里读《玫瑰经》的老妇人。而侦探舒则继续她的推理假设："我在比萨店里一直在想这件事，因为当我终于联系到佩特拉时，她差点跳了起来，尖叫着说我们要把她置于危险境地！"

"你说什么？"我把头靠在羽毛枕头上。太柔软了！我感觉眼皮要耷拉下来了，而罗比已经在我旁边打呼噜了。

"我甚至没有时间开口……我听不懂……"她用长笛般的声音说话，使我梦到正在密谋、不断更新密谋的托妮·比斯，因为她一直跟踪珍妮，知道我们所有的举动……

我在梦中和在电话中提出："她知道我们项目的一切，每个人都知道……"

"这是电影，而不是秘密教派！"舒反驳，我在闭着的眼皮后面看到一个荒谬的场景，蒙面人聚集在一个山洞里，听见墙壁上回荡着声音："总有人不喜欢你所做的事，但托妮努力来阻挠我们，谁知道为什么……"

我醒过来，然后昏昏欲睡地说："我不知道，我必须跟你再见了。谢谢你告诉我一切。"

"明天见，记得准时到！"间谍舒回归成高效制片助理的角色。

我抱着罗比，它把我送入一夜无梦的沉睡之中。

## 事情在调整

周日早晨，在一个非常安静的房子里，我起得很早（要知道，已经八点了，现在整栋楼里的人还都在打呼噜，其中包括宣称永远不会闭眼的老太太波洛蒂），我独自一人吃早餐，因为我父母不愿意下床。作为补偿，他们在厨房给我留下了一张纸条，上面写着"早安，亲爱的"，我怀疑这是讽刺，因为周日我通常要到中午才露面，有时我得听着爸爸惊讶的想法：人体究竟是否可以连续超过十二个小时处于睡眠状态。然后我告诉自己，他们的纸条不是嘲讽……昨晚他们小心地拉上窗帘，将罗比带走并关了灯，所以今天早晨，我在温暖宜人的令人愉悦的光线中醒来：事实上，我的父母还关上了百叶窗，因为我在打完电话后忘记关了。

我的脑子里有东西飞来闪去，就像不安的苍蝇，但是我今天的首要任务是拍电影。我给自己和肖恩（也要为昨天晚上丢下他而道歉）带走了几块蛋糕，然后我打开门，罗比满怀希望地跑到门前，甚至已经在门厅里摇起了尾巴，我小声说："再坚持一下，爸爸最多半小时就起床带你出去。"

它叹了口气，看起来很失望，但我在它悲伤的目光前关上了门，匆匆下了楼梯。最好避免电梯产生那令人痛苦的吱吱嘎嘎声，以免这座楼的哨兵（显然是波洛蒂）发出警报。

周日的清晨真是太美了！没有堵车，我骑着自行车，一刻钟后到达了广场。我为清晨骑车而高兴，我应该经常这样做！我发誓，从现在起，我会八点起床骑自行车。当我看到肖恩皱着眉头的脸时，我已经准备好让他也参与我的决定，而他正在把自行车锁在停车架上。

"嗨！"我带着灿烂的笑容向他打招呼，给了他一块用玻璃纸包裹的蛋糕，作为一份珍贵的礼物，但他喃喃道："不，谢谢。"

"怎么了？"我担心地问。

"昨晚我试着打了一万次电话给你，一直占线。你不是累吗？你不是生病了吗？"

"贝尔尼从波士顿给我打来电话。"我立刻撒谎了，应对之快都把我自己吓坏了。但这不过是一半的谎言，因为实际上哥哥是在波士顿，他也给我打了电话……在两天前的晚上。

"啊？"他很惊讶，然后马上就亮了起来，"那不好意思了。我以为你骗了我。"

"为什么骗你？"我双臂抱住他的脖子问，"你该知道我多想你啊！"我觉得表现得真诚、甜蜜和美好，也让我的双颊发红，让我的想法焕然一新。

实际上，他抱着我，在我耳边小声说："但是如果我们把他们骗了怎么办？来吧，我们晚一点再加入……"他猛地亲了我的脖子，因为知道这样我就会马上屈服。

但是令人不快的声音让我们僵住了："你们在做什么？我们在广场上，不是在你们的房间里！"

"哦，天哪，米歇尔，真讨厌！"我突然挺直起来，立刻离开了肖恩。

"有什么不好？你感到非常压抑啦？"肖恩做出反应，他可能厌倦了因为第三方的不舒服而不得不推迟令我愉悦的拥抱。

"压抑？"那个永远不会闭嘴的没礼貌的人反驳，"在你们面前，即使是一个盲人也不得不抱怨。"

"哇哦，很好，很准时！"还好，舒打断了我们，因为这次肖恩也失去了他出了名的耐心，正要开始对米歇尔采取行动。

我正紧紧拉着他的手臂，这时保罗按了喇叭，分散了我们对酝酿中的战斗的注意力。我们上了车，其中最闷闷不乐的是……加布里埃尔。

我想说"嗨，加布里"，只是为了打破僵局，但他哼哼着，而珍妮坐在她平时的位置，让我不要说话，翻了个白眼，然后又埋头看手机，强迫症似的翻着不知道什么东西。简而言之，你可以想象一段在悲哀的、极其紧张的寂静中前往剧院的旅程。我很担心今天的进展，开头如此糟糕，这不，我们刚到剧院，舒就给我们准备了（字面上的意思）一个真正的意外。当我们无奈地进入潮湿的大厅开始准备时，门铃响了。

"难道又是消防员吗？"米歇尔脱口而出，他总是很消极。

结果是一个熟面孔的家伙出现在门口，虽然我此刻还不太记得，但他对珍妮和我都笑了笑，说："是我，美女们！"

"格雷戈尔！"珍妮惊呼道，与我不同，珍妮立刻认出了他。

如今，他不再穿着白色制服，而是穿着皮夹克，一头自由蓬松的鬈发，而不是用发胶贴在头上，这个男生真的非常帅气。他是马纳里咖啡馆的服务员，很久之前的一天我们和米歇尔去过那儿！如果他的手没有被包裹着的大托盘占据的话，可能珍妮会不顾米莫和加布里埃尔在场而立即搂住帅气的格雷戈尔的脖子。托盘上新鲜出炉的糕点散发出不可抗拒的香味。

在舒的脸上，微笑看起来像是一个完美的新月。她应该非常喜欢这个剧组在格雷戈尔面前惊奇的表情。紧随格雷戈尔后面的是另一个男孩（也很不错），自信地走向舞台，熟练地用左手托着盘子，右手从夹克口袋里拿出一张纸桌布，铺开，然后……瞧，这是放托盘的地方，上面放着香喷喷的羊角面包、糕点、一些三明治和圆面包。他的助手忙着放几个保温瓶（热巧克力和茶）、一个装有橙汁的瓶子、塑料杯、餐巾纸、塑料勺子。伙计们，这就是团队！这时，我们所有人都笑容灿烂、士气大振。

"格雷戈尔，你是一个宝贝！不，一个真正的魔术帅！"珍妮夸张地说，已经逼近男孩的嘴了。

"我告诉过你，这部电影我会帮忙的……我一直在脸书上关注你。你还记得我想跟你做朋友吗？"

"当然。"珍妮微笑着撒谎。

"所以我跟你的制作助理舒取得了联系……"

"你是怎么做到的？"珍妮再次询问，尽管她坚信自己知道如何掌握社交网络，但始终对这种工作方式感到惊讶。

"我访问了她的脸书，我看到协调的人是她，就告诉她我想参与短片……"他理所当然地回答，"我们是昨天才联系的，她跟我提议负责提供饮食。在我看来，这是一个绝妙的主意，而且容易实现。"

舒插嘴指出："我告诉格雷戈尔，他的名字将出现在片尾的名单中。"

珍妮的视线从他转向她，并确认道："当然了！甚至是餐厅的名称和标志（如果需要的话）。"然后，她转向我们这些为拥有世界上最好的早餐而欢呼的所有人："很好，不是吗？我们也像大制作那样有赞助商和餐饮供应商！"

就连加布里埃尔也冷静下来："今天，这确实大有不同，"他说着，喝着热巧克力，"恭喜，珍妮。"

"谢谢你，宝贝。"她说——她现在叫我们所有人宝贝。然后，她高兴地看到剧院中误解的乌云已在消散，劝告我们："伙计们，各就各位，今天我们真的要开拍了。咱们开工吧！"

我以为上午会很漫长甚至令人发狂，演员们会重复不变的台词，不可避免地会出现发音错误、说得早了或者语调过重或过轻的问题，或是出现一些其他的事情导致拍摄不能顺利进行，然而，一定是魔法巧克力或昨天非常成功的彩排使得今天的一切都进展得十分迅速。一点半，舒宣布午餐休息时间到，格雷戈尔显然因场景以及加布里埃尔的出色表现（今天他没打喷嚏）而深受感动，他跑过去拿我们的盒饭。不知道是不是所有的剧组都有这么好吃的盒饭：鲑鱼三明治配白色奶油奶酪；俄罗斯沙拉，装在有小勺子的容器中；杂粮小面包、蔬菜派、比萨饼，甚至还有白巧克力甜点。

另外，昨天的暴雨过后，今天有一点阳光出来，我们坐在剧院外面，将椅子放在门口前的石子路上，享受着这种美好的温暖，开始对这个真正美好的地方进行评论，昨天我们对此并不欣赏，因为它似乎只是荒郊野地，并且遭到了各种因素的破坏。

格雷戈尔非常友善，还为男孩们带来了一些饮料，他就这样温暖着我们的心，让我们感受到喜悦，就连米歇尔也笑了几声，不再抱怨了，不，应该说他正在进行一项伟大的工作，即使是……

"我不想知道！"珍妮举起手打断了他，笑容灿烂，"到目前为止，一切都很好，然后我知道将要进行编辑和其他剩余的操作，但是请不要再说话了，宝贝！"米歇尔也已经变成宝贝了！

我走开打了个电话，然后告知珍妮："我必须比其他人早一点离开，因为我有紧急的事情要做。"

"什么事，我的宝贝？"她很好奇。

我毫不在意地挥了挥手，她问我这个问题更多的是出于习惯，而不是出于真正的兴趣，实际上珍妮已经被其他的任务分心了。我们回到剧院，在那里，加布里埃尔将要拍摄他成为幽灵后的最后一幕。

---

**场景24**

唐璜：他们说，他们在等我。但是我仅仅在剧院里是人。在舞台之外，我不存在。因此，让他们等吧，他们会认命的！

（消失。）

---

**场景25**

导演（不耐烦）：他换衣服要多久？这儿要关门了。这个家伙在做什么？

剧作家：我认为他不想加入我们。他有点不合群，你没明白吗？

助理：没错。我认为他已经偷偷溜了，把我们像白痴一样留在了这里。

导演：说什么呢！为什么？他想成为节目的主角，不是吗？看到他演得多有热情了吗？

剧作家：是的，但他是给你做鬼影的人之一。

助手：对。

导演：鬼影是什么？

剧作家：是，就是消失了，简单说，变成了幽灵。他不想跟谁保持联系，于是就消失了。

导演：他真没礼貌。

助手：太可惜了。他是一位伟大的演员。

导演：是的，但如果他这样做，他就是要毁掉自己的职业生涯。

剧作家：你这么认为吗？相反，在我看来，今天他会很有魅力。

导演：听着，我们不在你的电视剧里。这种话跟我就省了吧。

助手：那我们走吧？我关门了，哈哈。如果他在里面，就让他留在那里睡觉吧。

导演：对他来说太糟糕了。关吧。如果他还在那儿，他会在那里过夜。

钥匙的声音，黑暗。

加布里埃尔（画外音，像黑暗中的回声）：永恒将过去……

出现字幕：结束。

导演（画外音）：你们也听到了吗？谁说话了？

**逐渐消失的声音：**

助手：我什么都没听到。

剧作家：我也没有。

导演：我跟你们说我听到了。

剧作家：算了，走吧。

交通噪声。

音乐，演职员表。

我六点钟离开那里，计算着乘公共汽车去赴约的时间。

肖恩紧跟着我出了门："听着，我也要走。我陪着你。"

"不行，珍妮会胡说八道的。如果万一在最后一刻发生了什么，又没有一个编剧……"

"你到底要去哪儿？"他再次问道。他已经问过我十几遍了。

我无数次坚持说："我要去见一个朋友，她今晚要走。"

"她去哪儿？有那么紧急吗？"

"我们以后再说，到时我讲给你听。"我总结道，快步离开。

我没有时间考虑把疑虑重重的他甩下的问题，公交车过几分钟就要到了，我必须及时赶上它。实际上，我跑步上了车，坐下后脑子里充满了各种想法，第一个是：对不起，但是是谁让你这么做的？不过，从今天早上就在我脑子里的嗡嗡声已经消失了，因为……我应该怎么跟你们说呢？我就是这样的人。一旦做出决定，让我的思想里充满了未解之谜的嗡嗡声就停止了，我会专注于该做的事情。实际上，这里没有多少要做的，也就是需要澄清，我获得在玫瑰别墅购物中心的这个约定可能就已经是相当大的成功。这个中心虽然只有别墅的外表，但具有庞大的规模，甚至包含好几个大厅和保龄球馆。因此，在周日下午晚些时候就人满为患。

但愿一切还好。

我在约好见面的餐厅外面四处张望，我有点害怕被骗。但是，不，我非常清楚：反正也没有人会逃，所以最好是我们见上一面，面对面告诉对方要说的话。实际上，尽管来晚了，但安东奈拉却面带怒容、迈着行军的步伐突然出现了，陪着她的是她忠诚的随从——性感的史蒂芬妮雅。开局很顺利：一对二，在这种不平衡中，我看到了一定的优势——安东奈拉不想来。

"嗨。"我跟她们打招呼。

她们像合唱一样回答我，打招呼听起来像是吹冲锋号。"所以呢？你想跟我说什么？"托妮·比斯抱着双臂发问。

"来吧，让我们坐下来，你们难道不想来块比萨吗？"我回答，指着我好不容易从商店、隔壁的电影院和保龄球馆之间来回走动的人的冲击中保留下来的桌子。

两人交换了一眼，然后托妮点了点头，坐下了。

"你们吃点什么？"我问。她们再度板起了脸。

"什么都不要，谢谢。"托妮·比斯说。但我坚持："别这样，来吧，我请客！"

"如果你坚持的话……不含酒精的开胃酒。"更温和的史蒂芬妮雅建议。

另一个说："菠萝汁。"

我去下单，当我回来时，两个人已经聊开了。

"真好，"我惊呼，"他们还给了我们一些咸饼干。"

她们至少要说谢谢，但是没有。我直直地盯着安东奈拉的脸，问她："安东奈拉，你能给我解释一下为什么跟我们这么较劲吗？"

"我们？我们是谁？"她需要时间。

"我们的小组，嘉奈塔影业。"

她公然将手放到胸前："我对你的团队一无所知，我真的没有和任何人较劲。"

"怎么没有？别装了……电话的事，这真的很危险！"

"什么电话？"她坚持说，争辩着，"你指控我什么呢？"

我仍然轻描淡写地继续说："我没有指控你！你好像喜欢四处打电话开玩笑，有人录了你的通话。"

"你在说什么？"她反驳，勃然大怒，"荒谬。"

"是啊，事实上，是很荒谬。"我同意并继续镇定自若地说，"你为什么跟珍妮生气？"

"我压根没有跟珍妮生气。"

"没错。你生我的气，是因为你对我在牛奶店告诉你的内容感到生气。好吧，对不起，我们互相误会了！"

"首先，是你误会了，"史蒂芬妮雅插进来说，"我已经在图书馆里告诉过你，你有问题，也许你太在意那个和你在一起的帅哥了。"

我忍了，因为我意识到这是一个美好的挑衅："是的，你说得对。一个帅哥。我很高兴你承认这一点，因为肖恩很棒。"

她们俩又交换了无数个眼神。当然，待在这复杂的眼神交会之中真要很大的耐心！但是我觉得，她们总这样侧眼斜视可能会变成斜眼。

托妮再次发动攻击："你们在一起，祝贺你。但是你必须承认，你像对待擦脚布一样对待我们，此外，你还与可怜的舒交了朋友，还剥削她。我知道她在珍妮的这部电影中充当一个免费的劳动力，而平时她周日都去做保姆来赚一点钱。"

"舒很珍贵。"我诚恳地回答，两个人互换了位置，"我不知道她干保姆的工作，她做的事情确实值得尊敬，因为这意味着她像其他所有人一样真正在意这部电影。"

"可是珍妮要是这样利用她的朋友就不好了。"托妮反驳道，吐出了更多的恶毒的话。

我坚持说："我们正在一起完成一个项目，大家都很高兴这样做。"但我知道让她理解这些有点困难。

"这是珍妮的典型做法，总感觉自己高高在上。"托妮充满恶意地说，试图让我反对我的朋友。

"不是这样的，你不太了解她。无论如何，我想告诉你，你昨天打电话给消防部门是正确的。因此，我们明确表示我们具备所有拍摄条件和许可。简而言之，我们做的是一个专业制作，不是游戏。"

她有些震惊，然后回答："我没有给任何人打电话。你怎么敢这么说？"

"有人发现呼叫来自你的手机。"

"你说什么呢！照我看，你是在脑子里拍电影吧！"她说。

"是的，这很可能。我在脑子里拍电影，就像其他所有人一样，也像你和史蒂芬妮雅一样，还是说你们是没有想象力的人？"

她们俩又第N次交换了眼神，但这次的眼神似乎非常困惑和妥协。她们不知道该如何回答，所以她们各自喝了一口饮料，然后史蒂芬妮雅说："我的非酒精饮料非常好喝，我之前还不知道他们这儿有美味的鸡尾酒。"

"好吧，从人流量来判断，这个地方一点都不差。"托妮承认，她的目光在拥挤的酒吧里徘徊。"你了解这儿吗？"她温和地问我。

"一点吧。"我撒谎了，我从未来过这儿。之所以选择它，只是因为我认为人满为患的场地会阻止可能发生的大吵大闹。

"我们要回去了，嗯，史蒂？你看到隔壁的指甲油要卖十欧元了吗？"

她点点头。我们还不是能承诺预定集体修指甲的朋友，但我认为这是和解的标志，所以我起身说："好，谢谢你能来。我得走了。"

"也许我们可以去这下面转一转。"史蒂提议。

我们不会在脸颊上相互亲吻，但她们都用模糊的微笑跟我打招呼，其中的困惑多于恶毒。谁知道这两个人要一起拍什么电影。

## 在电影剪辑方面遇到了困难

这周开始爬坡，因为我得承认周日我没有时间去复习，两个计划任务几乎把我压垮了。前几天我窝在家里，决定不被珍妮分散注意力，珍妮在星期口晚上结束拍摄后就进入了"我们永远做不到"的阶段。错误在于米歇尔。按照他的计划，他和珍妮应该在他的房间里每天都用整个下午来剪辑电影。但是我的朋友完全不赞同这种观点。

"犯傻！"周一下午在电话里，她气得要爆炸了。

"怎么了？"我边翻历史书边问。

珍妮几乎在哀号："他对我说：'我们必须剪辑这部电影。'用暧昧的语气，你明白吗？"

"啊，你为什么认为他还会剪辑其他东西？"我在翻阅着书页时随意问了一句。

"你也跑不掉！"她大喊，"你一定要来，求求你！我不会一个人去他家的。"

"别去那里。在其他地方编辑电影……"我随口一说，只是为了说点什么。众所周知，米歇尔的房间里有电视演播设备。

"米娅，你现在可不能退缩啊。"珍妮试图说服我。

"舒不能和你一起去吗？"同时，我打开了笔记本。

"她不能，可怜的舒！她已经做了很多，并且这导致她在学习和课程上都落后了……"

"没错，你看到了吗？我不是唯一的一个。后天，我有一个历史测验，老师会生吃了我。"

"你在说什么？你平均九分（十分制），你还有复习一百次的必要吗？"

这种说法伤害了我。我为什么要为自己辩解？可能她不理解我的努力，我为什么还要跟她和米歇尔度过本应该和肖恩在一起的时间？"珍妮，我很抱歉，呵呵。但是你不能决定我需要什么。"我很生气地提醒她。

"是的，当然，你是对的，但是……"

我打断她，提醒她："珍，导演是你。"

"你也是编剧和制作人，跟我一样。"

"老师会扒我皮的，我必须学习。"我试图长话短说。

"那在晚餐之后呢？"她试着问。

"我不能出去。为什么你可以？"我好奇地问。

"我上戏剧课的时候可以，所以我不明白为什么我父母会禁止我出去拍电影。"

"有趣的逻辑……你先和你父母说这件事，然后告诉我进展如何，好吗？"我提议。我看了一眼时间："待会儿见。好了，我必须学习了。"

"所以……星期三你行吗？"她坚持说，因为当她全力以赴的时候，她是一把真正的锤子。

"也许可以，我们看看吧。"

这时我没有说"肯定行"，我仍然含糊不清。但是无论如何，我错了，因为我和珍妮从来没有疑问，她会把事实曲解成对她有利的样子。所以，星期二她就用信息对我进行狂轰滥炸。

珍妮：你一直在学习吗？

我：是的。

现在，当一个人的回复如此简洁时，另一个人应该明白，最好别再说了。但是对方是珍妮，她回复我：事实上，我也很忙，但是明天请一定要空出来。

我：明天再说吧。

但是珍妮怎么会等到明天！几个小时后，她给我发消息：复习得怎么样了？

我：还落在后面。

珍妮：什么还落在后面？你已经学了几百年啦。到目前为止，你快要完成明年的课程了！

我：我学得很慢。

总之，我一直忍受着锤子的敲打，直到周三。这时，我得到了父母的外出许可，前提是在有人陪同的情况下。这个人，显然，是肖恩，这样我也有一点时间能和他待在一起。他与我不同，一周之内，外出不需要什么特别许可，他只需要告诉父母要去哪儿，并且在合适的时间（晚上十一点半之前）回家就够了。十一点半，明白吗？这对我的父母来说已经非常晚了，这个时间在周六或者剧院有演出这种绝对特殊的情况下还可以。但是，在家中发起这场争论是没有用的，这是一场艰苦的战斗，也是一场失败的战斗，尽管我可以肯定的是，我的母亲与非常严厉的外祖父母进行过同样的战斗。但是，提出这个问题要当心了！我记得答案是："那时候是不同的时代""现在世界变得更加危险"，或者"女孩子一个人风险太多了"。再不，父亲就亲自带我去米歇尔家（也许是在门外等着，就像我很小的时候发生的那样），这已经是很久前了。

肖恩似乎很高兴在白天上学的晚上和我一起出去玩。米歇尔家距离我家有半个小时的路程，但是一个小时后我们才到，我们非常轻易地重新聊起某些还没解决的话题……无须多言。

"你们到底到哪里去了？"珍妮给我们打开门，问道。

"米歇尔呢？你把他干掉了吗？"肖恩惊讶地回答。

"没有，他在房间里工作。米莫也在。"她告诉我们。

"米莫怎么样？原来你不是一个人！"我惊呼，但没有怨恨。我很高兴能在这里一直拥抱肖恩。

"米莫是个宝贝，他骑摩托车陪我来的。"

"你不是告诉我你妈妈会陪你吗？"我还提醒她，"你妈妈不是禁止你和其他人一起骑摩托车吗？"

作为回应，她耸了耸肩膀，做了一个从未对我用过的手势，挥舞着手大胆地回答："其他人，其他人……这是米莫，而不是任何一个其他人！他对于混合录音是必不可少的。"她说混合录音时，现出一种卖弄的味道。同时，她带着我们到了米歇尔的巢穴。

像往常一样，房间里似乎没有人，所以肖恩好奇地问："……米歇尔的父母呢？"

珍妮解释说："他们去打桥牌了。"她挥着双手，好像是在说："我们不要干涉那些与我们无关的事。"

几分钟后，内部对讲机再次响起："珍，你去开门吗？肯定是舒。"

"怎么会是舒呢？你不是说她很忙……"我发动攻击，但她急切地打断了我："她腾出空来了，想在这里参加剪辑。"

总之，最终我们一共有七个人在米歇尔的房间里，因为加布里埃尔也加入了我们的行列，他不想只剩他自己，也想看看作品的状况，一连串的借口，只有我知道他借口后面隐瞒了什么：为了避开穷追不舍的骚扰者。

我很好奇，带着同伙的表情接近他，低声问道："你的粉丝怎么样？"

"清除了。"他回答。

我惊了，睁大了眼睛："你是什么意思？"

"简单。我请一个朋友帮我。他是黑手党系列片里的一名演员，演了一个能得奥斯卡奖的戏码，威胁她说要让她消失。"

"我不相信！这太可怕了！"我做出反应，感到震惊。

此时，他笑了起来："你太天真了。她当时立刻兴奋了。她说她爱硬汉，真正的男人。"

"如果他是演员的话，也许她认出了他……所以他现在有了骚扰者。"

"根本不会，他会很高兴的！她肯定会从缠扰者被提拔为追随者。"

我皱起眉头，因为加布里真的很愤世嫉俗。

米歇尔和米莫，必须承认他们一直在疯狂地工作。我们主要是在那里当观众，但是一段时间后，我们感到很无聊。

"打扰一下，米歇尔，你不想喝点什么吗？"加布里埃尔问。

"想，但是东西在厨房里，我不能起来。"

珍妮告诉他："你不必这样做。"在她和米歇尔之间坐着作为缓冲带的米莫。

"我也可以一个人去，我可以找到厨房。"加布里埃尔生气地回答。

但是米歇尔跳起来，好像被大黄蜂盯上了似的："不，你待在这里，因为我向父母承诺了招待你们所有人，"然后用食指转了一圈，好像用一条不可见的线束缚了我们，"都不许离开我的房间。"

"哦，天哪，什么事啊，你还在上幼儿园吗？"加布里埃尔沮丧地问。

"或者是被居家软禁？"舒助他一臂之力。

米歇尔站起来，几乎尖叫道："你们不应该在这里！珍妮打电话给你们征询你们的意见，所以请发表你们的意见就够了……这不是一家夜店。"

肖恩建议说："如果你们愿意，我就去对面的超市买点东西喝。"

"外交官"舒说："这个主意不错。"

因此，肖恩和我再次消失。半小时后，当我们回来的时候，我们发现气氛过于激动。米莫和珍面对米歇尔站着，他呆呆地坐着，双臂交叉。加布里埃尔为我们打开门，表现得非常高兴，就好像我们是一支被派去营救在丛林中失散的巡逻队的搜索队，他拿起饮料松了一口气。舒看上去很沮丧，坐在阁楼木制楼梯的第二级，双手攥拳撑着下巴，好像要两只手撑着，她的头才不会掉在地上。

"嘿，发生了什么？"肖恩问，一边环顾四周，一边分发冰镇饮料。

"什么都没有，这里没有理由！"米莫喃喃自语，开了瓶无酒精啤酒，喝了一口清爽的酒。

"你觉得他想对剪辑大包大揽这正常吗？人们叫导演剪辑，明白吗？不是编辑剪辑！"珍妮大喊，她用手拒绝新鲜的柠檬水。

"然后是音乐的事情！"米莫张开双臂，紧张得手中的瓶子一直晃。小可怜，他试着让我们喜欢米歇尔，甚至只是为了让我们与他维持基本的同学关系。但他是一个难啃的骨头，属于那种根本不想被别人接受的人。

"什么事？"我问。

"继续，你说吧。"珍妮说。

"我当然要说，这没什么不对，相反！"米歇尔执拗地回答，"我整理的音乐是我的，所以我希望版权得到承认。"

"不，伙计们，没有办法让他讲理！"米莫重复着，紧紧握住瓶子，摇了摇头。还好，它是无酒精的，否则他已经倒下了。

"版权？"肖恩说，"你疯了吗？你觉得你是鲁多维科·艾奥迪①吗？"

"他是谁？"米歇尔问。

---

① 鲁多维科·艾奥迪（Ludovico Einaudi，1955—　），出生于意大利都灵，毕业于米兰音乐学院，钢琴家、作曲家。他的音乐总被认为是容易接近和可信的，被称为"最低纲领主义者"。曾获得意大利最佳电影配乐奖等奖项，代表作有《演变》（Divenire）。

同时，米莫向大家解释说："他的音乐是采用电子技术加工合成的，这样就不用支付一首著名歌曲的作曲家和编辑的版权费了，明白吗？"

"好吧，这点听作曲家的！"珍妮突然爆发，朝米歇尔用力挥了一下手。

对方则说："好吧，我们就不加音乐吧。"真是丝毫不肯让步。

"听着，是你提议安排一个电子装置，你说你有很多材料。"米莫皱着眉头提醒他。

"我是有这些，但是这次我想得到报酬。我厌倦了免费工作。"

"这不是幻觉吧？"珍妮问，睁大了眼睛看着我和肖恩。

肖恩明智地提出："好吧，这东西还从来没有说清楚过，所以他就此大做文章。如果你愿意的话，就这一点，听听我一个会制作视频的朋友……"

"这个朋友是谁？"我插嘴道，发出的声音使人想起汽车被盗时响起的警报。

"拜托，米娅，你就不要掺和了。"珍妮生气地让我闭嘴。

阿莉安娜就是这个朋友。

这样，我们也找到了做字幕的人。

这会让你发笑吗？相反，这是编辑阶段的一个非常明确的角色：其任务是创建字幕、选择字体和图形效果以及混合声音。我从未想象过这是一份工作！

肖恩想起为他的一些朋友制作视频的这个女孩……总之，最好忽略他是何时何地如何认识了这个女生——阿莉安娜，她看起来像电影里的巫师，样子也挺可爱的。

我说最好忽略，但是在混战之后的下午，我们去（我想去那里，我不知道我们是否互相理解了）与她交谈。我发现这个披着柔顺的长发、长着小鹿一样眼睛的女孩，就像迪士尼版本的《美女与野兽》[①]中的贝儿，你们觉得她会做什么？

那时候，我保持沉默，脸上带着礼貌的笑容。然后，我和肖恩刚离开，就采用了著名的三级技术[②]，提出了一个可怕的问题："你的朋友阿莉安娜非常可爱。你说你们怎么认识的？"

"哦，上帝啊，你又开始了！"肖恩试图为自己辩护，"我告诉你了！她为我的一些朋友制作了一个视频……"

"那不能解释你怎么认识她的……你不和他们的乐队一起玩，对吗？"我开始生气了。

肖恩经受住了我的目光："的确，我不参与演奏，但是我为杂志采访了这些家伙。你还记得我负责音乐和视频吗？因此，我们谈到了他们自己拍摄的视频，还谈到了剪辑和混音的阿莉

---

① 《美女与野兽》这部2017年上映的真人电影，改编自迪士尼1991年同名动画电影，主要讲述了少女贝儿为解救父亲而与受诅咒化为野兽的王子朝夕相处，最终用真爱战胜魔法的故事。

② 三级技术就是"不分青红皂白地采取强制手段，让犯罪嫌疑人招供"。

安娜……"

"当然可以。但是你们两个是怎么成为好朋友的呢？"我不知道他是否理解嫉妒的楔子已经直接进入了我的心灵和头脑，导致我不受控制地乱想。

"好朋友！"他重复着，翻着白眼，我一点都不喜欢这个表情，"我们互相认识，句号。"

"啊哈，和所有普通的熟人你都会交换亲吻和拥抱吗？"

我太讨厌了。我现在意识到了，但是那一刻我被醋意牵制了！嫉妒可以被治愈吗？有人告诉我可以，那么请你们帮助我！因为我知道自己很荒谬，但是只有在留给人不好的印象之后，我才意识到这一点。的确，后来我真的很夸张了。

"不，我不是这种人！抱歉，米娅，但这太荒谬了！"肖恩责怪我，但说实话，似乎他在乞求我重新恢复理性，而我则在全速冲向愚蠢的悬崖。

"所以，在你看来，我很荒谬，只是因为我问你，你怎么认识一个女孩。她看到你就好像是她的英雄来了，立刻扑上去，而我只值得她看一眼，好吧，我是隐形人……"

肖恩拼命地摇了摇头，眼神绝望，努力地让我镇定下来："但是你看，她跟你打了招呼，是你看起来像把干扫帚：你对她伸手时那样子就是不屑一顾……"

"啊，就说吧！是我错了！美女与野兽，真是太贴切了……"

"美女与野兽？米娅……你在说什么呢？"肖恩翻了个白眼。

我咬着嘴唇，因为事实上我有点发疯了。引用动画片，这成什么样子！

终于，珍妮来救我了，她给我打了电话。有时，朋友之间会触发心灵感应。

"阿莉安娜说什么了？"她一上来就问我进展，既没打招呼也没说别的。

"她说可以，她极其高兴能帮助肖恩！"我故意把"极其高兴"几个字发音加重，导致珍妮问我："哦。她是他的前女友吗？"

"我不知道。"我咆哮道。

肖恩听懂了谈话的弦外音，俯身凑在手机麦克风上，用非常开心的语气说："她不是我的前任。"

"那，有什么问题吗？"珍妮问，让我感到紧张。

我用一种伪装的声音回答："得由你来判断是否让她与米莫合作。"

"到底怎么了？她很可爱？"珍妮马上明白。

同时，肖恩离开去看他那正在振动的手机。也许是阿莉安娜给他发了一颗"小心心"，"你去了就知道了。"

"另外，她看上去是一个假装温顺的家伙。"我降低了声音说。

"耐心点,我去冒险。那个白痴向我要钱,电影必须完成,我别无选择。"

"只要她远离肖恩就够了。"我在手机里喃喃自语。

"米娅,我能告诉你吗?你有点偏执。"她说,珍妮作为一个完美的偏执狂,补充说,"我们永远都做不到,你明白吗?阿莉安娜能带走她想要的所有男孩子,但你得帮助我完成这个该死的电影!"她挂了。

这就是我的好朋友。


但是,与往常一样,古怪、偏执、焦虑的珍妮,全能、迷人、固执、有直觉、大胆、自负、粗心、懂艺术的珍妮,最终以她自己的方式组织起来,并通过内心的天线定向,让她变得富有魅力、友善、无私,使她显得自然、充满激情、迷人,并让她选择了正确的道路……我的朋友珍妮是对的。

不得不说,尽管我们之间存在分歧,但我们被迫团结起来:我们原来不是朋友,也没有通过这项工作成为朋友。但是如果我们每个人单枪匹马,那永远也不可能制作出一部有故事、有创意的真正的电影。我们之所以做成了,是因为我们每个人都超越了自己的极限,包括情感和关系上的限制。例如,我的嫉妒和许多不安全感,米歇尔的贪婪和缺乏同情心,希拉的交际困难,还有让我不想承认的肖恩的魅力,甚至超过了可怜的加布里埃尔,而加布里埃尔则受限于他的虚荣和害怕失败。

我在这里要说的是，我不再担任周日的分析师，因为我对其他人不太了解，我只能从我们所做的出色工作中做出判断，包括混合录音的"巫师"阿莉安娜，她使我们能够完成电影。就像每个故事一样，它必须有一个起点和终点：以动画标题开场，通过音乐令人立即从椅子上跳起，进入一个眼前出现的世界，像激光束一样将你的灵魂从身体中吸走，带你进入另一个维度。


嘉奈塔影业


呈现：《彩排》

演员：加布里埃尔·马丁、赛琳娜·帕里斯、吉尔伯特·梅尔尼西、埃丽萨·弗萨第、丹尼斯·阿尔贝蒂

编剧和剧本：米娅·玛尔塔莉娅蒂、肖恩·汉密尔顿

场景和服饰：保罗·贝尔第

导演：珍妮·库恰罗


## 准备预告片


至此还没结束。

仅有包装对一个好的"产品"来说还不够，珍妮从一开始就

知道这一点。我们还必须推广电影、放映电影，并有勇气让它接受评论。这样，一旦准备就绪，我们就会将其发送给威尼斯电影节青少年组的筛选部。

同样，在这里，我们首先也必须面对一个很有意义的讨论。因为米歇尔坚持要在网络上所有"平台"启动这个工作，这给我留下了蹦极的印象。珍妮不同意。在加布里埃尔的支持下，她反驳说："这样的话，每个人都可以在预览中看到这部电影，最后，只能得到朋友的好评。"

米歇尔回答说："许多人因为在油管上发布的一条视频而出名，随后得到成千上万的粉丝。"

"但是我的目的不是这个！"珍妮反对。

"我已经很出名了。"加布里埃尔耸耸肩提醒道，激怒了米歇尔，让他说出了真相："这样也可以赚钱，你们认为呢？这部电影可以用几秒的广告拉来赞助……"

"我提醒你，这部电影是我导演的，制作人也是我。"珍妮酸溜溜地回答。

我们都在格雷戈尔的咖啡馆里，这里为我们的后期制作会议预留了一个小房间。他也在听，除非有人给他打电话，他才会离开几分钟去柜台帮忙。

"我赞成珍妮的观点。"我宣布，"我们做这个短片是为了参选电影节，你们从一开始就知道。"

"是的，但米歇尔也没错，"米莫插话说，"这不是国家机密，而是一部电影。奖项都颁发给已经发行的电影，而公众的支持有时也很重要。"

"像奥斯卡奖或大卫奖①这样的奖项，"对这些事情了解更多的加布里埃尔出面解释道，"但是在电影节上，将推介新电影，并且该奖项还将作为启动仪式。"

"但是网络不是销售路径。"米莫再次反对。

发现了这种意想不到的一面的米歇尔欣喜若狂："你们看到了吗？那些了解网络和社交媒体的人像我一样思考。而你们呢，恕我直言，你们还用古老的方式思考。"

"走吧，《火星救援》②到了。"肖恩评论道。而米歇尔却完全受不了他，并说自己也试图与他成为朋友。

"这不是成为科学家的问题。"他生气地回答说，"你们要了解这个世界是如何运作的。"

珍妮不再保留，攻击他："你这种在屋子里一待就好几天的人，对世界了解些什么，我们能听听吗？"

----

① 意大利大卫奖是意大利最负盛名的电影奖项，也是意大利最高级别的年度颁奖礼，由意大利电影学院主办，因此又被称为"意大利学院奖"。

② 《火星救援》是一部冒险、科幻类电影。影片讲述了由于一场沙尘暴，马克与他的团队失联，孤身一人置身于火星，面临着飞船损毁的危险，他要想方设法回地球的故事。

他一点都不害怕，回答说："那你呢？这是什么？社交影片？不，亲爱的！这是一部戏剧电影，当然这并没有让你对这个世界了解多少。"

那时，我们所有人都皱着眉头跳了起来：因为我是编剧，但剧本遭到了质疑；作为制片人的珍妮受到了冒犯；作为合著者的肖恩和作为主角的加布里埃尔都感到不爽，他们认为影片充满了艺术气息，并且内容丰富……总之，每个人都开始大喊大叫，格雷戈尔必须进来干预，以平息情绪。尽管当时咖啡馆里挤满了人（特别是吵闹的孩子），但实际上，我们的尖叫声在整个咖啡馆里回荡着。

我们沉默了一秒钟，每个人都深呼吸，米莫说："应该由珍妮决定，我们都同意这一点。"

"我已经决定了，但首先我要告诉你，米歇尔，不要冒险在任何平台上放映预览影片，甚至是你的个人资料。平台上你有三十个朋友，但可能都是假的。"

米歇尔仍然生着闷气，此刻没有回答。

我们同意珍妮将把这部电影送去参赛。

"难道一个预告宣传片也不能做吗？"米歇尔终于说话了。

我们交换了一下眼神，然后珍妮大叫："对！我们为什么没想到呢？"如果是其他人，她会热情地拥抱他，但那是米歇尔，所以她只是伸出手来握手："太棒了，米歇尔，这确实是一个很不错的建议。"

"有了你的程序，并不需要很长时间。"米莫告诉他，"你和珍妮选择场景并将其插入模板。"

"不，你们看，这次我要自己做，"珍妮提议说，"我知道怎么做，我不是山顶洞人！"在这里，你们会听出来自米歇尔的挖苦，他刚刚把她定义为古代人。"如果有万一，米娅会帮我，不是吗？"

我就知道我会被她拉下水。

但是，这次确实很容易。也许是因为我们对某些程序有些不满意，也许是因为我们有很多资料，所以我们决定使用著名导演的剪辑（剪辑场景）制作预告片。我们甚至在里面插入了一段像在超级英雄的电影里那样劈剑的音乐，来强调场景。

我写了出现在预告片开头的醒目的话：

　　她想成为一部著名歌剧的女演员……

　　她参加了试镜……


　　特写镜头：加布里埃尔化妆和眨眼。


　　导演与编剧对台词的场景。

导演："他很好。你在其他地方见过他吗？"

剧作家："没有，从未见过。"


没有人认识他，但他是最棒的。

遗憾，他并不在这个世界上⋯⋯


彩排

即将在电影院上映


我们很满意。不，我们欣喜若狂，因为在这次冒险开始时，我们是全新的我和她，我们变得更加富有而自觉。我们在做的不再只是一个模糊的项目，而是一部真实的电影，即使预告片根本不能和真正的大制作的预告片相提并论。

我们开心地拥抱彼此，坚信——无论发生什么，能不能得奖——我们都实现了一个看似不可能实现的伟大目标。是的，我和珍妮，我们是自然的两大力量。我们想拍电影，我们做到了。而且，如果珍妮不改变主意，即使她长大了也还可以拍电影。


项目进入尾声

彩排

编剧：玛丽亚·玛尔塔莉娅蒂

剧本：玛丽亚·玛尔塔莉娅蒂、肖恩·汉密尔顿

导演：珍妮·库恰罗

制片：嘉奈塔影业


以及


唐璜：加布里埃尔·马丁

埃尔维拉：珍妮·库恰罗

女演员：赛琳娜·帕里斯

导演：吉尔伯特·梅尔尼西

剧作家：埃丽萨·弗萨第

导演助理：丹尼斯·阿尔贝蒂


场景设计师：保罗·贝尔第

灯光、服装、化妆、发型：希拉·库利亚基

摄影师：米歇尔·唐泽利

音响指导：米莫·曼达斯

制片助理：舒·李

制片监督：弗朗克·罗·卡西欧

剪辑：米歇尔·唐泽利、阿莉安娜·加尔达尼

感谢阿尔克拉尼奥公司提供了巴尼奥剧院

掌声。

是的，你们对此表示怀疑吗？

坏了。你们受到那个麻烦制造者米歇尔的影响了吗？还是受到米莫的影响更多？他一开始就相信我们可以做到。如果是这样，那你们就对了。

这部电影入选了电影节的青少年组比赛，并在与我们年龄差不多的孩子们之中放映（有点小，很多是中学生）。我们，也就是导演兼制片人、女编剧、男编剧、摄影师以及演员阵容（保罗和希拉没来是为了不拉高平均年龄水平）。我们走了……不，不是走在红地毯上，因为明星们去了那里，我们沿着绿色地毯去了大厅，所有的短片都在那里安排放映。

在这个场合，我们展示了自己的优雅（珍妮甚至穿了长裙！）。必须说，我们打扮得像名人，米歇尔甚至戴了领结，看起来也像个人物。

显然，热烈的欢呼都是给最帅气以及最光彩照人的加布里埃尔的。他穿着非常适合他的翠绿色的西服，让他看起来像摇滚明星。当他出现在大厅里时，那群初中女生几乎疯狂到撕扯头发，尖叫声震耳欲聋！

但是，遗憾地说，我们没有获得一等奖。

一部社交电影赢得了胜利，正如米歇尔所想象的那样，一个悲伤的故事使全场观众哭泣。

　　但是，我们的短片也在其他电影院放映。很显然，它特别受评论家们的钟爱，他们认为这是一部复杂而成熟的电影。你们知道吗？预告片有成千上万的浏览量和点赞数。

　　现在，这部电影已经不只是我们的短片，它已经开始发行。这件事使我有些焦虑，但是总是焦虑不安甚至有点偏执的珍妮看着我，非常镇定地说："我玩得很开心！这仅仅是个开始！"

　　开始？

　　不，不是吧，珍妮。

　　这个，至少在我的小说中，这就是完结。